권경록 게임 판타지 소설

기갑전기 매서커

GAME FANTASY STORY

기갑전기 매서커 11

권경목 게임 판타지 소설

초판 1쇄 찍은 날 § 2011년 6월 15일
초판 1쇄 펴낸 날 § 2011년 6월 22일

지은이 § 권경목
펴낸이 § 서경석

총괄팀장 § 유경화
편집책임 § 박우진

펴낸곳 § 도서출판 청어람
등록번호 § 제1081-1-89호
등록일자 § 1999. 5. 31
어람번호 § 제1-1250호

주소 § 경기도 부천시 원미구 심곡2동 163-2 서경B/D 3F (우) 420-822
전화 § 032-656-4452 팩스 § 032-656-4453
http://www.chungeoram.com
E-mail § chungeoram@chungeoram.com

© 권경목, 2008

ISBN 978-89-251-2543-5 04810
ISBN 978-89-251-1285-5 (세트)

기갑 전기 매저커

권경목 게임 판타지 소설

GAME FANTASY STORY

11

해방자 편

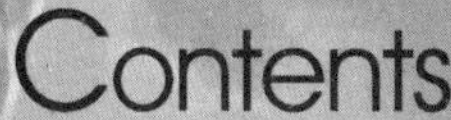

Contents

War 00
움직이는 만리장성

機甲戰記

Massacre

기갑전기 매서커

웅웅웅— 궁궁궁—

낮은 엔진 음이 대기를 무겁게 내리누르는 가운데 메마른 바람이 대지를 낮게 들어 올렸다 가라앉히며 회색 흙먼지를 감아 올렸다.

공처럼 뭉쳐진 마른 덤불이 거친 대지를 제멋대로 이리저리 뒹굴고 다녔다. 하늘엔 구름 한 점 지나가지 않는 전형적인 북미 대륙 서부의 황야 지대라…….

바로 이곳에 두 무리의 거대한 집단이 대치하고 있었으니 바로 중국과 미국, 미국과 중국이었다.

사실상의 결승전이라고 양측 방송이 떠들어댔다.

그 누구에게도 치우침이 없어 보이는, 나름 공정한 전장이라 할 수 있으리라.

하나 E&T가 어떤 E&T던가?

불편부당의 대명사!

중국 강철거인 전력은 15,790기로 미국 강철거인 전력 8,234기의 두 배에 달하는 전력 차를 보이고 있다.

아무리 서버를 통합해 전력을 구축했더라도 그간 참전한 유저 수에 노획한 강철거인을 전부 합하면 1만 2천 기가 최대다.

중국은 3천 기가량을 하늘에서 뚝 떨어뜨린 것이다.

한데 이를 상대하는 미국의 전력 역시 수상하기는 매한가지였다.

최근 광적인 붐을 감안해도 6천 기가 미국이 가용할 전력의 최대치로 추정되고 있다.

이도 예선전에서 한국에 당한 대참패를 감안하지 않은 상태에서 나온 추정치로 미국 역시 2천 기가량의 강철거인이 뜬금없이 땅 위로 솟아오른 것이다.

오줌 튄 바지나 침 떨어진 셔츠나 마르면 같은 얼룩으로 보이는 것인가.

양측 중계방송은 이런 사기성 전력 뻥튀기에 대해 일언반구도 하지 않고 있다.

그렇게 떼로 도열한 강철거인이 드리운 장막은 구경꾼 입장에선 훌륭한 볼거리였다.

강철거인의 질적인 면을 보면 미국이 단연 우위에 있다 할 수 있다.

어릴 때부터 팀플레이가 일상이기에 팀원 한 명을 골렘 오너로 발탁해 강철거인을 획득하여 유지하는 데 팀 내 분란이 적은 편이다.

어깨와 복부에 두터운 적층장갑이 터질 듯이 부착되어 있으니 과연 움직일까 싶을 정도로 방어력 과잉을 자랑하고 있다.

게다가 '양키 필' 이라는 그들 특유의 유머러스한 심벌과 요란한 마크로 도장된 도색은 그 자체로 일러스트 볼거리였다.

이 모든 것이 참가 팀원 한 명을 위해 팀원이 확실하게 몰아준 흔적이었다.

플레이 진행에 소영웅주의가 판치는 한국 등 아시아 유저들과 차이라면 차이이기도 했다.

이에 비하면 중국의 강철거인들은 러시아의 T—134를 베이스로 한 솔져 금이 대다수로 공상에서 갓 찍어낸 것같이 도색이 진황토색으로 일괄적이다.

무성의하게 느껴지는 검고 붉은 번호 마크와 붉은 별, 노란 별, 녹색 별이 그려진 진부한 도장으로 통일되어 있다. 개별 강철거인을 구별하는 특이한 도장은 허용되지 않음이다.

프랜차이즈 햄버거점에서 어린이 세트를 사면 끼워주는 장난감 같다는 느낌이 전해진다고나 할까.

이 획일적 통일성으로 뭉치니 집단 폭력성이 극대화된 그림이 되어 가상임에도 전세계인들을 질리게 하기에 충분했다.

강철거인 대수가 두 배가량 차이가 남에도 경직된 중국보단 자유분방한 미국 측의 기세가 왕성하게 전해졌다.

한데 신기한 일은 이 기세 왕성한 미국이 약간 주눅 들게 느껴지는 중국 진영을 향해 쉽사리 도발을 하지 않고 대치 상태를 끌고 있다는 것이다.

중국 역시 압도적인 수적 우위를 도전적으로 뿜어내지 않고 있다. 상대를 끌어들이려는 의도가 다분했다.

미국은 예선전을 힘겹게 통과하며 겸손을 터득해서일까?

중국은 결승전을 염두에 두고 전력을 비축하려 함인가?

아니다. 두 집단의 공통점인, 흩어진 서버를 통합해 전투에 임하고 있다는 점에 기인했다.

미국은 LA 서버, NY 서버, 시카고 서버, 마이애미 서버, 텍사스 서버의 다섯 개 서버 통합체에, 중국은 북경 서버, 남경 서버, 중경 서버, 홍콩 심천 서버등 네 개 서버의 통합체다. 인구 4억과 15억의 대국답게.

양측 모두 연합국 대 연합국인 셈으로 통합 서버를 지휘할 최고수장이 명확하게 정해지지 않은 것이 지루한 대치의 이

유였다.

　그렇게 서로가 회색 먼지만 바라보는 대치가 길게 이어지자 방송을 통해 관전하는 양측 국민의 야유가 하늘을 찌를 듯했다.

　"징크들이 쫄았어."
　"양키들이 몸을 사리기는."

　이를 참지 못한 것은 주관사인 글로벌 E&T도 마찬가지인가.
　후우우우웅―!
　양측을 가로질러 불던 바람의 방향이 갑자기 미국에서 중국 진영을 향해 불기 시작한 것이다.
　회색 흙먼지와 마른 덤불 무더기가 쓰나미처럼 중국 진영을 덮쳐들었다.
　바람을 등진 미국으로선 이런 기회가 없으리라.

　세계는 미국의 승리를 원한다!

　아무리 지도부가 흩어져 있어도 이런 호기를 놓칠 바보는 없다.
　미국 유저 통신관의 호기로운 괴성이 일시에 터져 나왔다.

“고고고—!!”

“고우—!”

“히—햐!!!”

우르르롱—! 쿠구구구구궁—!

대지가 지진이 난 것같이 일세히 비명을 토하며 요동쳤다.

수천 기의 강철거인이 바람에 떠밀리듯이 일시에 튀어나가는 모습은 철벽이 움직이는 듯한 그림을 만들어냈다. 이는 흙먼지의 파도, 굉음의 파도로 이어져 중국 진영을 가차없이 엄습해 들었다.

그렇게 중국 진영으로 흙먼지바람과 금속의 파도가 덮쳐 들었다.

휘우우우우웅—!

굵은 흙먼지바람이 먼저였다. 중국 진영 전체가 회색 먼지 지대로 화했다.

돌진하는 미국 측 골렘 오너 눈에는 광범위한 먼지 지대가 펼쳐졌지만, 중국 강철거인들의 고유 도색인 짙은 황색 실루엣을 놓칠 정도는 아니었다.

“징크, 고 투 헬!!”

먼지 덩어리를 고스란히 뒤집어쓴 중국 유저들로선 눈뜬 장님과 마찬가지 상황이라.

이어지는 편파적인 상황에 중국 관전자들이 분노의 탄성이 절로 토하기 시작하더니 중국인 특유의 야유와 욕지기가 도처에서 짐승의 울음처럼 터져 나오기 시작했다.

중국 중계석의 캐스터는 웃옷을 벗어젖히며 울부짖었다.

"니미ー 시벌! 제국주의자 새끼들!!"

정말로 글로벌 E&T는 미국의 손을 들어주려 함인가?

그때였다.

돌진하던 미국 진영이 중국 진영을 코앞에 둔 시점이 되자 등에서 불던 바람이 거짓말처럼 뚝 그쳐 버리는 게 아닌가.

거칠게 몰아치던 바람이 거짓말처럼 사라져 버렸다.

그리고 먼지가 사라지고 드러난 눈앞의 그림은 미국 유저들을 당혹하게 만들기에 충분했다.

"헛! 이럴 수가?!"

미국 측 통신관 쪽은 단발마의 당혹성으로 가득 찼다.

중국 측 전력이 불어나 있었다.

게다가 이 불어난 전력은 돌출한 미국 측 좌우에 그 모습을 드러냈다.

진출한 미국 진영은 삼면이 포위된 상황에 놓인 셈.

늘어난 전력은 무려 8천 기에 달했으니 삼면을 포위한 중국 측 전력은 2만 6천 기를 넘고 있었다.

수가 문제가 아니다. 이런 대전력이 갑자기 나타날 수 있다는 설정이 문제다.

그랬다.

함정에 빠진 것은 바로 미국이었다.

“퍽, 퍽. 퍽— 유!!”

“퍼커—!!”

미국 유저 통신관 가득 욕지기로 메아리쳤다.

미국이 선택은 오직 하나였다.

“전열 돌격!”

“전열 돌파!!”

“돌격!”

“돌진!!”

“돌파!!!”

하나 미국 진영은 돌진의 기세가 줄어든 상태에서 중국 진영의 황색 철벽에 부딪쳐야만 했다.

형형색색의 스킬 이펙트가 두 진영 사이에서 작렬했다.

카르르르르룽—!!

황색 철벽이 회색 철벽과 격돌하며 출렁거렸다.

전열과 전열 사이에서 사나운 금속 파열음이 울려 퍼지며 두 진영이 거칠게 엉겨 붙기 시작했다.

충격파에 황색 철벽이 출렁이며 무수한 중국 측 강철거인들이 튕겨 올라가 어지러이 너부러졌다.

첫 충돌은 누가 보아도 미국 측의 우위가 선명하다.

그렇게 미국 측이 중국 측 전열을 전적으로 압박해 들어갔지만, 그도 잠시, 좌우에 등장한 중국 측 골렘들이 접근해 오자 그 사나운 기세는 급속도로 반감되며 사그라졌다.

수적 우위를 앞세워 삼면에서 조여오는 중국의 기세는 점점 더 거칠어졌고 미국 측 유저의 심리적인 압박은 커져만 갔다.

전쟁사를 통틀어 측면 노출을 당한 부대가 승리한 경우는 없다.

시간이 지날수록 중국 측의 포위망은 넓어지며 미국 측 후위까지 잠식해 들어가더니 종국엔 완벽하게 포위하기에 이른다.

노른자와 흰자위의 위치가 뒤바뀐 그림이리라.

그렇게 완성된 포위망이 본격적인 조여들기에 들어갔다.

어깨와 어깨가 붙은 좁혀진 거리는 그 어떤 스킬은 물론 단체 스킬 전개도 불가능하게 만들었다.

"밀어붙여! 밀착해! 압박하라고―!"

중국 유저들은 지휘기의 지시를 따라 외쳤다.

"쨔요― 쨔요!"

"쨔요― 쨔요!"

합창하며 박자에 맞추어 발을 굴리면서 미국이 확보한 공간으로 조금씩 조금씩 스며들었다.

미국은 완벽하게 기획된 함정에 빠진 것이었다.

전장은 화려한 스킬은 물론 눈부신 개인기도 찾을 수 없다.

한 기의 중국 측 강철거인이 쓰러진 자리엔 두 기의 강철거인이 자리를 메웠다. 한 기의 미국 측 강철거인이 쓰러진 자리엔 어깨와 어깨를 붙이는 방법으로 공간을 메워야만 했으니, 오직 물량, 물량, 물량만 있을 뿐이었다.

인해전술이 이런 것이리라.

대지는 서서히 노란색에 잠식해 들어갔다.

* * *

이 어처구니없는 포위망을 뚫으려는 미국 측의 노력은 끈질겼다.

정신을 가다듬은 미국은 호락호락하지 않았다.

처절하고 맹렬하게 조여 오는 압박을 뿌리치기를 수차례.

자유, 민주, 인권의 수호자로 자처하던 미국이 스스로 그 가치를 버린 다음 쇄락의 길을 걷고 있었지만 문명대국을 자처할 만큼의 저력은 있었다.

위기 속에 빛나는 자유민 특유의 감투정신을 일반 유저들이 발휘했다.

평소라면 고만고만한 능력자들이 이 위기 상황에서 초인적인 집중력을 모아 반격의 주체가 되었다.

오로지 물량으로 압도하는 중국으로선 이러한 거센 반격에 주춤할 수밖에 없었다.

오히려 곳곳에서 대량 피해가 발생하기에 이른다.

"고고, 고고, 고고."

"고고, 고고, 고고."

미국 유저들은 서로를 격려하며 조여 오는 압박을 곳곳에서 밀어내기에 이른다.

우르르룽―!

포위망이 급속도로 무너지며 공간이 생겨났다.

엉거주춤 당황해하는 중국 측 강철거인들 사이로 몇 기의 미국 측 강철거인이 득달같이 달려들어 베어 넘겼다.

그만큼 공간이 늘어났다.

포위망의 한 축이 급속도로 무너지는 것처럼 보였다.

포위망이 풀리면 그때부터는 난전. 미국에 기회가 있을지도 모른다.

그때였다.

중국 측에서 백여 기로 이루어진 강철거인들이 등장했다. 정확히 108기.

이들이 여느 중국 측 강철거인들과 구분되는 것은 그 크기에 있었다.

전부 나이트 급으로, 보유 무기까지 키 높이를 약간 넘기는 철봉으로 통일하고 있었다.

오른쪽 어깨엔 붉은 글씨로 불(佛)이 그려져 있고, 왼쪽 어깨엔 숫자가 마킹되어 있었다.

이들이 등장과 동시에 일사불란하게 무너진 공간이 메워

지기 시작했다.

중국이 그간 보여준 전형적인 물량형 압박이 아니었다.

이들은 움직임이 있었다, 조직적인.

이 강철거인들은 봉을 휘두르며 자리와 자리를 옮겨 다녔다, 잘 짜인 생산 공정처럼.

붕붕— 부우웅—!! 터덩— 투둥!

봉으로 미국 측 강철거인을 위협하며 지나가면 뒤이은 강철거인이 물러난 미국 강철거인의 다리를 노리고 봉을 휘둘렀다. 곧이어 그 자리를 대신한 강철거인이 팔을 노리며 공격을 이었다.

한 번의 공격, 의심없는 이탈!

뒤이은 강철거인이 이번엔 머리를 노리며 쇄도하니 미국 측 유저들의 정신을 빼놓기 충분했다.

이들은 절대 여느 중국 강철거인들과 다른 전술로 미국을 압박했다.

연환진이라는 중국 고유의 진법 운용을 강철거인들이 펼치고 있음이다.

이는 오히려 물량적 압박 효과를 넘어서는 조직적인 방어이자 공격이었다.

"퍽! 퍽! 퍽!!"

위협적이지는 않다. 하나 종잡을 수가 없었기에 미국 유저들의 통신관에서 다시금 욕지기가 터져 나왔다.

미국 유저들은 갓 만들어낸 돌파구를 상실하고 말았다.

곧 백 기의 강철거인들은 거대한 압박이 되어 미국 측을 압도해 들어갔다.

그리고 이런 그림이 포위망 곳곳에서 벌어졌다.

차이라면 이 별동대들이 착용한 무기만 다를 뿐이었다.

검, 도, 부, 추 등 중국 전통 십팔반병기에 기반을 둔 무기들이었다.

한 기씩 별도로 움직이지 않고 규칙적이면서 조직적인 움직임을 보인다는 것이다.

한 기가 공간을 만들면 한 기는 그 공간을 최대한 활용해 적을 공격했고, 그 뒤를 다른 강철거인이 엄호하는 식으로 미국의 투기를 잠재웠다.

특별한 스킬도, 단체 스킬의 집단 발현도 아님에도 흐르는 냇가에 띄워진 꽃송이가 흐름을 타고 돌 듯 자연스러운 움직임을 보여주었다.

질이 따르지 못하면 양으로, 양이 밀리면 묘수를.

중국 역시 자신들의 전통에 기인한 전술을 개발한 것이다.

그렇다. 이것은 진법(陣法)이었다.

미국 측의 반격은 틀어 막혀 버리고 말았다.

이 중국의 별동대가 없는 곳에선 수적 우위를 넘지 못했으니 양측이 토하는 굉음과 파열음은 무음으로 화해 대기에 무겁게 내려앉았다.

반면 별동대의 등장과 활약에 중국 중계석을 들뜨게 만들었다.

"소림의 백팔나한입니다! 굉장한 박력입니다—!"

"하오! 하오 —!"

*　　　*　　　*

"크, 완전 사기 바둑이군. 2점은 숨겨져 미리 깔려 있고, 백이 한 수를 두면 혹은 두 수를 두는……."

큰곰이 한참 남은 전투 그림을 미련없이 꺼버렸다.

경기 결과는 이미 알고 있었고, 사기 같은 물량에 대해 특별한 전략이 떠오르지 않아서이리라.

중국의 전력 1만 기가 대파되었지만 미국을 전멸시켰다.

대파된 기체와 노획한 기체를 부활해 결승전에 참여시킬 수 있는 전력은 30%가 최대다. 즉, 중국은 결승전에 최소 2만이 넘는 강철거인을 동원할 수 있다는 이야기다.

게다가 중국은 그들의 국가 전용 스킬인 '황제의 장막' 카드를 소유하고 있다. 전설의 황제가 안개를 피워 치우천황을 유인해 죽였다는 탁록 대전을 모티브로 만들어졌음이다.

대규모 병력을 보이지 않게 숨겨놓을 수 있기에 그 어떤 국가라도 함정에 걸려들 수밖에 없는 사기 카드가 아니고 무엇이랴.

일본에 주어졌던 강철거인 부활 카드와 마찬가지다.

작은곰이 투덜거렸다.

"쯧쯧, 낭만이 없어. 전쟁이다 이거지. 물량에 장사 없다는."

"대륙의 기상… 쩔어요, 쩔어."

두 곰이 고개를 절레절레 흔들며 지오를 바라보았다.

지오 역시 중국의 엄청난 물량에 입이 벌어지기는 매한가지다.

"1만 6천 대도 냄새 나는 물량인데 2만 4천 대라……. 악취가 진동하네요."

사실이다. 아무리 국가 총동원령을 발했다지만 중국의 E&T 유저 수는 인구수에 비해 적은 편에 속했다. 그저 가상 게임 흥행 순위 10위를 맴도는 중박 게임 정도.

인구 대비 유저 수를 감안해 최대로 뽑을 수 있는 전력이 1만 2천여 대로 예상되어졌다.

한데 지금 무려 2만 4천여 대를 동원한 것이다.

글로벌 E&T 차원에서 세 개의 중국과 모종의 거래가 있었음이 능히 짐작되는 대목이리라.

한국은 여전히 찬밥.

여하튼 근본적으로 중국은 자국이 개발한 무협 가상 게임이 강세다.

중국인들에겐 기공(奇功)과 기환(奇幻)이라는 소재가 뼈 속

깊이 각인되어 있어 호풍환우해야 직성이 풀린다.

E&T 같이 동화율에 연동되는 가상 게임 시스템은 어필하지 못했다.

게다가 이중동화율의 장벽에 강철거인이 돌아다닌다.

중국의 뿌리 깊은 혐한 분위기도 한몫 거들었다. 글로벌 E&T가 배급 했지만 개발사가 한국이기에 한국 게임으로 여겼다.

문화 대국 중국이 반도의 조그만 나라의 문화 상품을 소비하랴.

그렇기에 공짜이기에 하는 게임 정도로 알려졌다.

지오는 팔짱을 끼며 턱을 긁었다.

"우리 상대로 최소 2만여 대를 돌릴 게 확실하군요. 대책이……."

"…끙."

"흐음."

3만 기를 상대해야 할지도 모른다.

한국은 유저들이 폭발적으로 유입되고 있는 상태지만 최대 4천 대가량이 참전하리라 추정되고 있다. 최소 2만 이상의 전력에 맞서야 함이니 답이 있을 리 없다.

미국과 다를 바 없음이라.

지오는 난감해하는 두 곰을 보며 씨익 하얀 선을 드러내 보이는 식으로 웃었다.

"대책이 있습니다."

"오—?!"

"그게 뭔데?"

두 곰이 동시에 반색했다.

"중국인 오천 년 전통 정신인 정신 승리법!"

"잉?"

"뭐시라?"

둘은 지오가 가상 단말기에 숨겨진 특별한 코드를 발견이라도 했는가 싶어 반색했다.

"훗훗, 결승전에 전부 참전하지 않는 것입니다. 그리고 우리 스스로 우리가 이겼다고 생각하는 것이죠. 어때요? 최고의 전략이죠?"

"……."

"……."

둘은 지오를 죽일 듯이 노려보았다.

"네가 결국 이렇게 망가지는구나."

"쯧쯧, 무슨 얼어 죽을 정신 승리, 망신패망이겠지."

하나 지오의 표정은 천진난만에 진지하기만 하다.

잠시 후 두 곰이 동시에 작은 탄성을 터뜨렸다.

"잉?"

"엉?"

지오는 두 곰이 그제야 자신의 의도를 알아챘다고 느꼈는지 고개를 끄덕였다.

"…그러네."

"그래, 그런 거야. 허허허."

그제야 부품이 쓰게 웃기 시작했다

길 막은 사람이 정말 그 길에 다니는 사람이 없기를 바라는 것일까?

War 01
보이콧 파동

機甲戰記
Massacre
기갑전기 매서커

미국 실리콘 벨리. 글로벌 E&T 본사.

국가 대항전 내내 축제 분위기가 이어지는 유일한 공간이 이곳이리라.

국가 대항전 기간 동안 글로벌 E&T의 주가는 10일 연속 상한가를 기록하며 임직원들의 사기는 하늘을 뚫고 저 우주를 넘어선 지 오래였고, 그 정점에 국가 대항전 운영팀이 있었다.

한데 이 국가 대항전 운영팀에 뜬금없는 비상이 떨어졌다.

보고를 받은 운영이사의 목소리가 다급했다.

"뭐?! 한국이 결승전을 보이콧했다고?"

"…정식 통보는 없었지만 커뮤니티 모니터링 결과 참전하지 않겠다는 한국 유저들이 급속도로 늘어나고 있습니다. 보이콧으로 이어질 것 같다는 정보에 신빙성이 높습니다."

무려 3백여 명에 달하는 운영팀 전원의 동작이 일시에 굳어버렸다.

끄덕이며 납득하는 직원도 있다.

역시 문제는 편파성이라는 것인데…….

드디어 올 게 왔다는 분위기가 팽배했다.

"…제기랄."

글로벌 E&T 운영팀은 유저들의 애로 사항을 모니터링해 개선하는 피드백을 내놓는 고전적인 조직이 아니었다. 회사의 가치까지 실시간으로 관리하고 있는 조직이었다.

운영팀 분위기가 차갑게 가라앉았다. 이어 패닉 상태로.

"오 마이 갓!! 주가가 폭락하고 있습니다."

"대기 중인 매도 주문이 늘어나고 있어요!"

세계적인 흥행을 통해 글로벌 E&T의 주가는 연일 상한가를 넘기고 있는 상황에 얼음물이 퍼부어진 셈이다.

진땀을 흘리는 운영이사에게 팀장 중 한 명이 다가와 조용하게 말했다.

"이사님, 이러다 국부 펀드 투자가 물 건너가는 거 아닐까요?"

"끄응."

역시 그랬다.

통합중국은 이번 국가 대항전 글로벌 E&T에 과한 투자 아닌 투자를 약속하였다.

글로벌 E&T는 중국에 있을 수 없는 물량을 용인하는 것으로 화답했다.

제일 먼저 최적 동화율 감도를 낮추어 비 E&T 유저들의 신규 진입을 도왔다. 이를 통해 중국의 사이버 감청부대 요원들이 대거 유입될 수 있었다.

그랬다.

이때 유입된 중국 유저들 가운데엔 중국의 공안, 군대, 정보부 등 정보 보안 분야의 기관원들이 대거 포함되어 있었던 것이다.

중국 가상사회를 감시하는 눈들이었다.

이어 이들에게 E&T 마스터 코드 일부를 넘겼다.

그 마스터 코드를 통해 필드 설정이 조정되었다.

저급, 초급 필드에서 강철거인이 무더기로 발굴되었고 기존 제조, 수리 공장의 효율은 세 배 이상 커져 버렸다.

말도 안 되는 물량을 눈치없는 기관원들이 뽑아낸 것이다.

大中華의 영광을 위해서!

이것이 3개 중국이라는 거대 시장에 아부하려는 글로벌 E&T의 지원이 없이는 불가능한 사건의 배경이었다.

한데 후폭풍이 한국에서 몰려오고 있었으니, 세계의 가상인 가운데 한국 편이 아닌 사람이 없는 상황이다.

그랬다. 그들은 한국이 국가 대항전 내내 보여준 놀라운 선전에 경의와 존경을 표하고 있었다.

운영팀을 쥐어짜 대책을 마련할 틈이 없었다.

"콜트 이사님, 긴급 임원회의 소집입니다. 지금 빨리 화상회의실로 가셔야겠습니다. 상해, 홍콩, 뉴욕, 런던… 전부 패닉 상태입니다."

"크, 한국이 시작부터 말썽이더니 끝까지 속을 썩이는군. 제기랄."

운영이사는 휘청거리는 발걸음을 이끌고 화상회의실로 향했다. 기다란 복도를 따라가며 중간중간 벽 짚기를 수차례 반복해야 했다.

자신들이 한 짓이 있기에 이 사태를 정말로 받아들일 수밖에 없었다.

32인용 유선형 회의 탁자엔 다양한 인종으로 구성된 20여 명의 인물이 상반신만 유령처럼 드러낸 채 운영이사인 콜트 이사를 노려보고 있다.

글로벌 E&T의 임원들로 대부분이 정장 차림으로 인종적으론 백인이 주류에 간간이 아시아인이 끼어 있는 조합이었다.

한눈에 보아도 가상 게임과는 거리가 있어 보이는 이들

이다.

"한국이 불참한다면 통합중국이나 물론 우리 글로벌 E&T까지 입장이 난처해집니다."

"문제는 우리가 약속한 통합중국이 원하던 우승은 하겠지만 그들이 원하는 영광스러운 그림은 아니라는 거죠."

"한국은 국가 대항전 내내 불합리한 위치에 놓인 상태에서 선전에 선전을 거듭했습니다. 세계인의 동정이 쏠려 있으니 한국의 선택을 누구도 탓하지 못할 것입니다."

"거참, 타이밍적으로 한국이 정말 탁월한 선택을 한 셈이군요."

"동감입니다. 반면 우리 글로벌 E&T의 경운 편파적인 운영을 했다는 따가운 시선에서 벗어나기 힘든 상황에 몰려 있습니다."

다들 백전노장다운 세련되고 침착한 어투였지만 어감엔 당황함이 여실히 배어 있었다.

"끄응."

"흐흠."

짧은 침음이 흐르고,

"일부 국가에선 차 회 국가 대항전 자체를 보이콧하겠다는 움직임이 일고 있기도 하고요. 당연히 한국이 결승전에 불참하겠다고 선언하면 새로운 국가 대항전 리그를 이참에 만들려 할지도 모릅니다."

"…E&T 시스템적으로 불가능하지 않습니다."

"그런……."

"이거야 참."

"이렇게 이미 국가 대항전 무용론이 일고 있는데 한국의 결승전 불참은 그런 주장에 힘을 실어주는 역할을 할 것입니다."

"다음 국가 대항전을 생각해야 하는 우리 글로벌 E&T로선 여간 성가신 여론이 아닐 수 없습니다. 신중히 고려해야 할 상황입니다."

그렇게 다들 한마디씩 내뱉으며 콜트 이사를 향한 눈은 거두지 않았다.

"…이렇게 될 때까지 운영을 어떻게 한 건지……."

말은 돌고 돌아 침묵하는 운영팀 이사에게 화살이 모아졌다.

"한 번 하고 그만둘 국가 대항전이 아닙니다. 그렇게 기획하지 않았습니다. 대책을 마련합시다, 대책을."

모두의 시선은 다시금 콜트 운영이사에게 모아졌다.

콜트는 자신이 이번 사태에 희생양으로 찍혔음을 절감했다.

'운영의 신이라고 추켜세울 때는 언제고……. 역시 고집을 피워서라도 마스터 코드를 징크들에게 넘기는 게 아니었어. 코드를 징크들에게 넘기라고 닦달한 게 자기들이면

서······.'

그는 씁쓸하게 웃으며 입을 열었다.

"모두가 그동안 갈고닦은 칼을 꺼내놓으니 보는 것만으로도 눈이 부시군요."

"······."

"좋습니다. 책임을 져야 할 자리에 있으니 책임은 지겠습니다. 단, 국가 대항전을 마친 다음입니다."

"······."

"그러니 누구 칼이 예리한지는 다음 기회로 미루도록 합시다. 지금 필요한 것은 대책이니까요."

"동의합니다."

"동의합니다."

감정이 결의된 대답이 동시에 흘렀다.

"이제부터 대책회의를 시작하겠습니다. 우리는 국가 대항전을 통해 전세계적인 흥행을 이룩했습니다. 이미 기대 수익을 넘어선 지는 오래입니다. 이런 과실이 이번 한 번에 그치지 않기 위해 결승전을 온전한 상태에서 마치는 것이 다음 대회를 위해 분명 이득이라는 사실에 동의하는 것으로 알고 있겠습니다."

"······."

침묵의 동의가 있었다.

실제 운영팀이 편파적인 운영을 통해 엄청난 수익을 글로벌 E&T에 안겨주었다. 다들 그 점은 인정해야 했다.

지금은 그 이상을 원할 뿐.

"미스터 코드를 넘겨 우리 운영팀이 중국의 엄청난 물량을 동원할 수 있도록 한 조치는 큰 실수임이 명백합니다. 하나 이는 저만의 독단적인 결정이 아니라는 사실은 여기 계신 여러분도 잘 알고 있을 것입니다. 간단하게 우린 공범입니다."

화상 회의장에 자리한 인물들의 표정이 가볍게 굳었다.

자신들의 칼이 그를 향할 경우 그도 가만있지 않겠다는 뜻이리라.

"자, 그럼 먼저 대고객이자 미래의 대주주인 통합중국부터 살펴봅시다. 비위 맞추기도 분명 선후가 있는 거니까요."

중국계로 보이는 임원이 손을 들며 난감하다는 어투로 입을 열었다.

"지금 제 휴대 단말기는 록밴드처럼 연주되고 있습니다. 허망한 우승에 반쪽짜리 영광이 통합중국을 기다리고 있다고 생각하면 통합중국이 우리를 향한 대응이 그리 녹록치 않을 것입니다. 마스터 코드를 넘기는 시점에 가계약이 이루어진 상태지만… 투자 약속을 철회할지도 모릅니다."

임원들의 얼굴이 한층 굳어졌다.

통합중국은 정치적으로 분리되어 있지만 경제적으로는 거의 통합을 이룬 상태다. 그들이 운용하는 국부 펀드는 상장 기업이라면 누구나 덮쳐주기를 바라는 시장의 큰손인 것이다.

글로벌 E&T를 살펴보자.

글로벌 E&T는 게임 개발사가 아니다. 퍼블리셔라는 일종의 배급사로 막말로 말하면 실체가 없다.

거대 자본을 모아 한국이 개발한 E&T 게임을 사서 전세계를 상대로 한 배급 독점권을 행사했을 뿐이다.

E&T의 세계적인 흥행에도 한국 E&T에 과실이 떨어지지 않는 이유였다.

"지금 와서 투자 철회라니⋯ 누구 때문에 이런 사단이 생겼는데."

임원 중 누군가가 낮게 툴툴거렸다.

3개 중국은 이번 E&T 국가 대항전을 정치적으로 이용하려 하고 있다. 그도 미국에 승리한 것으로 반 이상 성공한 상태다.

미국은 하나 된 중국의 상대가 아니다.

마침내 하나 된 중국이 세계를 제패하다!

新中華의 시대를 선포하는 화룡점정의 날!

국가 통합 목적을 위해 E&T 국가 대항전만 한 이벤트가 없음이다.

한데 세계 제패를 목전에 두고 한국의 불참이라는 돌발 사태가 벌어졌다. 국가 통합을 이루려는 3개 중국의 입장에 타격 아닌 타격이 될 수 있다.

공산주의자들의 정치에서 핵심은 선전에 있다.

이 모든 소동이 정치 선전을 위해서다.

신진빌이 서기도 않고 그나마 키운 선전발까지 급속도로 떨어지기에.

운영임원이 정리하듯이 입을 열었다.

"통합중국에 대한 대책은 별게 없군요. 한국이 무조건 결승전에 참가토록 만들면 되니까요."

다들 고개를 끄덕였다.

영광을 원하는 중국엔 영광을, 체면이 필요한 중국엔 체면을 세워주면 되는 것이다.

이제부터가 문제다. 결승 불참을 고려 중인 한국을 어떻게 회유할 것인가.

운영임원이 마치 자신에게 질문하듯이 말했다.

"이제 한국에 관한 대책이 문제군요. 어떻게 한국을 달래죠?"

국가 대항전 내내 상처투성이인 한국이었다.

과연 무엇으로 한국을 달랠 것인가?

그 어떤 지원을 하더라도 마스터 코드를 가진 중국의 무식한 물량을 감당할 순 없으리라.

질 게 빤한 전쟁에 기권은 당연한 결정인 셈.

조용한 가운데 중동계로 보이는 임원이 손을 들어 입을 열었다.

"한국 전력의 핵심이 매서커라는 개인 유저로 알고 있습니다. 그가 참전하도록 회유하는 방법은 어떨까요?"

콜트 이사가 고개를 끄덕이며 말을 받았다.

"제일 먼저 고려하고 있는 사항입니다. 국가 대항전 중 최고의 영향력을 구축한 유저니까요. 한데 개인이기에 부여할 인센티브에 한계가 있습니다. 이름이 우뚝 서버려서… 자신의 명예를 떨어뜨리는 인센티브를 받아들이지 않을 수 있습니다. 오히려 우리의 은근한 접근이 밝혀져 스캔들로 발전할 여지가 더 큽니다. 오히려 한국 특색의 거대 작업장의 회유는 간단한 편이라 생각합니다. 그들은 오직 돈이니까요."

"매서커라는 유저, 그리 딱히 명예를 좇는 타입은 아닌 것 같은데……."

"예, 물론 전투 기록을 살펴보면… 지독히 탐욕스러운 유저입니다. 한데 그런 탐욕을 부리는 가운데서도 한국 유저들이 그를 명예로운 자로 여기고 있다는 거죠."

"그럼 먼저 거대 작업장부터 회유토록 합시다. 그간 재미를 못 본 것 같으니."

"예, 말이 통하는 자들이니 자신들에게 이득이면 기회를 놓치지 않을 것입니다. 이들을 회유하면 대략 1천 5백 기 정도의 전력이 참전할 수 있을 것입니다. 우리 운영팀에서 조금 거들어준다면 1천 8백 기 정도 전력을 채울 수 있을지도 모릅니다.”

임원들은 구체적인 숫자가 언급되자 당황했다.

“모자라요. 턱없이 모자라요.”

“2천 기로 2만을 상대로 한 결승전에 나온다고? 그림이 안 나와요.”

“매서커라는 일개 유저의 영향력이 2천 기에 달한다는 말이오?”

임원 대다수가 고개를 절레절레 흔들었다.

대화는 돌고 돌아 매서커의 회유로 의견이 모아질 수밖에 없었다.

결승전답게 최소 4천 기 이상의 강철거인이 참전해야 그림이 나오기에.

임원 중 누군가 작은 목소리로 안을 내놓았다.

“한국에도 마스터 코드 일부를 넘기…….”

“무슨 소리!! E&T의 재앙은 중국으로 끝입니다!”

제안은 끝을 맺기도 전에 그렇게 막혔다.

*　　*　　*

뾰족한 대책이 나오지 않는 화상회의는 장시간 이어졌다.

화상회의장엔 비서진들에 의해 그간 치러진 국가 대항전

그림이 흘러나오고 있었다.

매서커의 강철거인이었다. 호쾌한 참격(斬擊)이 공간에 뿌려지고 상대편 강철거인이 이등분되어 쓰러졌다.

세계인의 열광… 환호, 감탄.

결승전을 기대하는 선전영상이었다.

임원 중 누군가가 홀린 듯이 중얼거렸다.

"…일당백이 아니고 일당천도 가능할 것 같은데……. 그의 영향력이 이해되는구려."

다들 고개를 끄덕이며 인정했다.

매서커를 주제로 짧은 대화가 오갔다.

그때였다. 매부리코에 특유의 낮게 깐 눈, 백발의 임원이 입을 연 것은.

"매서커라……. 개인 신상을 당겨오는 데 왜 이렇게 시간이 걸리는 거지?"

모두의 시선이 그에게 향했다.

그는 회의 시작 후 단 한 번도 입을 열지 않는 인물이기에.

존재하지만 존재하지 않는 인물로 임원들 사이에 정평이 나 있다.

하나 그가 대표하는 자본은 글로벌 E&T 자본의 무려 13%에 달했기에 누구도 그를 없는 사람 취급할 수 없다.

자연 회의장의 시선이 모아졌다.

장시간의 회의에 지쳐서 혼잣말이 새어 나왔을까?

“응? 개인 신상에 대해 미국 쪽 자료가 있는 것도 이상한데 전부 블록 처리되어 있어?! 호오, 그렇다 함은 출신이 이쪽 계열이라는 뜻인데……”

임원들은 다들 어리둥절한 표정을 지었다.

자신들에게 넘겨진 자료를 뒤적거려 보았지만 그런 내용은 어디에도 없었기에.

그는 무슨 자료를 보고 있단 말인가?

자신들에겐 매서커란 유저에 대한 개인 신상 자체가 없다.

그만이 모처의 어떤 자료를 따로 보고 받고 있다는 말인데…….

운영이사인 콜트가 임원들을 대표해서 매부리코 임원에게 물었다.

“코웰 전무님, 매서커를 포섭할 정보가 필요합니다. 정보 공유를 부탁해도 되겠습니까?”

“콜트 군, 이 정보의 출처는 굉장히 민감한 곳이네.”

“예?”

“정보 공개 신청을 한 다음… 30년은 기다려야 볼 수 있는 것들이지. 나 역시 혹시나 했는데 현재 진행 중인 작전과 맞물려 있어 정보를 열람할 수 있었다네. 혹시 하는 느낌이었지만 우연도 이런 우연이 없군.”

“…그, 그쪽입니까?”

작전이라는 단어에 경직된 콜트는 어색하게 웃으면서 물

었다.

"120% 그렇다고 말하고 있군. 나와 가늘게나마 연관된 인물 같으이."

"아, 예."

"그는… 한국의 이쪽 계통에서 많은 문제를 일으키고 있군. 한마디로 골칫거리야!"

"……."

"좋아, 매서커는 내가 전적으로 핸들링해봄세. 가능할 것 같아."

"……."

임원들은 전부 경악에 가까운 표정을 지어야 했다.

흰머리 독수리 코웰 전무가 이렇게 많은 말을 하는 것도 본 적이 없을뿐더러 문제의 매서커를 직접 핸들링하겠다고까지 한다.

그만의 근거로 자신하고 있다.

게다가 터무니없게도 그의 말은 굉장한 신뢰로 전달되어 진다는 것이다.

대다수 임원들은 코웰 전무의 출신을 알고 있다. NSA 요직을 거쳐 지금은 유력한 민간 군사 기업의 자금 운영에 깊이 관여하고 있음을.

그리고 여러 약소국가에서 그를 전범으로, 테러의 배후로 지목하고 있기까지 했다.

그렇다. 그는 이 시대의 '언터처블' 이다.

그저 '피 묻은 돈'을 '웃음 배인 돈'으로 바꾸기 위해 이 자리에 있을 뿐.

"코웰 전무님, 죄송한데 다시 확인해 주실 수 있겠습니까?"

"콜트 군, 중국 친구들에게 한국이 전력을 다해 결승전에 임할 것이라고 전하도록 하게. 더 이상의 양보 없이 자신있게."

코웰 전무의 어투는 확신 덩어리 그 자체였다.

"아, 알겠습니다. 전무님만 믿겠습니다."

"이쪽 일과 저쪽 일을 동시에 해결할 수 있어 아주 만족스럽군. 좋군. 허허."

문제의 코웰 전무는 낮게 웃으며 화면엔 보이지 않는 비서를 돌아보며 명령했다.

"기장에게 행선지 변경을 통보토록. 변경지는 한국 서울로."

코웰 전무는 다시 정면을 바라보며 임원들에게 담담히 웃는 얼굴로 작별을 고했다.

그의 평화스러운 표정에 임원들 전부 발등에 떨어진 불똥이 언제 있었냐는 듯 사라져 버린 것 같은 느낌이 들기에 충분했다.

고요한 제트기 엔진 음이 회의장에 낮게 깔리며 코웰 전무의 화상이 꺼졌다.

　"매서커… 매서커라……. 그가 원하는 것을 나는 줄 수 있
지. 내가 원하는 바도 얻고. 후후."

機甲戰記
Massacre
기갑전기 매서커

6성급 호텔의 별원, 하루 숙박료만 삼천만원에 달하는 고립된 별천지로 중국의 통합 집행부가 위치한 곳이기도 하다.

통합중국의 집행부는 늘 그렇듯 오늘도 시끄럽다. 구성원이 많아서? 아니다. 2만 4천 기의 강철거인을 지휘하는 최고위 조직임에도 구성원의 수는 고작 3인이 전부다.

특이하게 이들의 공통점은 시대에 뒤떨어진 전통 의상처럼 느껴지는 인민복에 별이 새겨진 둥근 천 모자를 쓴 혈색 좋은 중늙은이라는 것이다.

서로를 구분하는 차이라면 모자에 새겨진 별의 색깔이 다르다는 것 정도. 붉은 별, 노란 별, 녹색별로.

단 3인임에도 서른 사람 몫만큼 목소리가 컸으니 기백 역시 나라를 세울 기세였다.

모두 동시에 말하며 지지 않고 서로의 얼굴에 침이 튀었다.

평소 서로를 야유하고 경멸하며 욕으로 시작해 욕으로 끝을 맺는 회의를 하루 종일 해댔고, 이도 매일 가능할뿐더러 일 년 내내 할 수 있는 능력의 소유자들이었다.

그러나 오늘은 날이 날인지라 분위가 정반대다.

"우허허허, 양키 놈들… 이번에야말로 대중화(大中和)의 저력을 뼈저리게 확인했을 것입니다. 글로벌 E&T와의 협상을 성공적으로 이끈 공이 큽니다."

"커커커, 하오, 하오! 귀하가 입안한 삼면 압박 학익진의 절묘한 전개가 이번 전쟁에 압권이었습니다."

"어허, 그 속에 감추어진 오묘한 어린진의 위력은 또 어떻고요. 사람이 방패가 되고 사람이 창이 되어 미 제국주의자들을 압사시킨 것은 우리 대중화만이 할 수 있는 쾌거일 것입니다."

"그렇습니다. 누가 있어 콧대 높은 미제를 꺾을 수 있겠습니까? 전세계 인민이 우리의 승리를 축하하고 있습니다."

"세계에 우뚝 솟아나겠다는 선배 동무들의 선언을 우리가 비로소 이룩했습니다."

서로를 향해 낯간지러운 대사를 날리며 속에 없는 말로 서로의 얼굴에 금박을 입혀주기 바빴으니……

그렇다. 3인, 공히 가상사회와 거리가 먼 3개 중국의 정치국원 출신으로 더 정확히는 공산당의 핵심 부서인 선전부 부장들이었다.

현 3개의 중국은 과거 중국공산당의 3분(分)에 지나지 않았다.

지역에 근거한 3개의 공산당이 중국 대륙을 경영하며 서로 경쟁하고 있다.

그렇기에 전략 구상회의 중에 전투가 끝나 버린 경우가 허다했다.

옳은 판단을 내리는 것이 뭔지 모르는 사람처럼 아귀다툼을 해댔다.

간혹 부랴부랴 내놓는 전략 자체 역시 이런 식이다.

재량껏 전투에 임하되 패하지 마라, 유리한 위치를 잡아 이기는 싸움을 하라, 패하더라도 노획되지 마라 등, 하나마나 한 말이 대부분이었다. 누구나 아는 원칙을 앵무새처럼 옹알거리는 정치인답게.

세계인들이 지켜보았다, 중국 유저들의 변변치 못함을. 그럼에도 통합중국은 결승에 올라왔다.

왜 이런 일이 가능할 수 있단 말인가?

전세계의 억지 양보를 바탕 삼아서이리라.

중국이 현재 지역과 정치권력이 3분되어 있어도 대국이다.

대국은 대국이기는 한데······.

현 중국은 고대 진나라의 6개국 대통일 사상에서 출발해 중국 문화 속에 켜켜이 감추어진 비인도적인 식인(食人) 문화에, 근현대 서양 문명으로부터 세례 받은 인권, 자유, 민주를 거부하는 집단화 동태까지 하나로 비무려져 만들어진…기짓으로 충만한 대국이다.

이 엉터리 대국에 세계 각국이 현실의 이익에 현혹되어 중국의 저열함을 무시하며 영합했다.

특히 한국의 경우처럼 이기주의 경제관에다 고래부터 면면히 이어진 대국숭배사상까지 버무려져 갈피를 잡지 못해 어리둥절한 상황에 있다.

한국의 식자층은 미국을 악의 축이라고 못 박는 것엔 지식인의 사명인 양 입에 거품을 물고 나서지만 중국의 중화 패권주의에 대해선 입을 다무는 경우가 허다하다.

세계에 미치는 해악이 미국보다 적다고 보는 것일까?

알 수 없다.

하나 중국의 12억에 달하는 노예 노동자들로 인해 저개발 국가들이 영원히 문명 세계에 발을 들이밀 기회를 박탈당했음을 알아야 한다.

중국은 노예주와 노예만 존재하는 국가다. 고래로 그런 관계가 변한 적이 없는 나라다.

세계인들이 오해와 착각의 시선으로 중국을 바라보고 있을 뿐.

그런 눈에 보이지 않는 양보를 빌어 중국은 결승전에 안착할 수 있었던 것이다.

그 점을 아는지 모르는지 지금 통합중국 집행부의 분위기는 이보다 좋을 수 없는 상황이었다.

그들의 원대한 목표를 성공적으로 달성했기에.

미국에 승리!

이들 입장에서는 가히 역사적 업적이라 할 수 있는 사건이었다.

한 세기 넘도록 중국을 누르던 슈퍼 파워 미국의 그늘을 단번에 걷어 냈다며 자화자찬을 늘어놓고 있었다.

왜 아니 그렇겠는가.

중국인들에게 미국은 정치, 경제, 군사, 과학, 문화를 통틀어 극복할 수 없는 콤플렉스의 집결지이자 종착지!

과거 돈으로 대동단결한 중국은 세계의 공장이 되어 미국의 자리를 호시탐탐 넘보았다. 그리고 달러가 가진 세계 통화의 자리를 위안화에 넘길 것을 당당히 요구하기에 이르렀다.

곧 이루어질 것처럼 보였다.

세계를 향해 대중화의 야욕을 드러내자마자 이번엔 그 돈 때문에 중국 대륙이 산산조각으로 나눠지는 사태가 발생하고 만다.

3년간의 내란이 이어졌고, 지금의 3개 중국이 등장하기에 이른다.

　내란 와중에 무려 1억이 죽고 1억 명이나 되는 대량 난민이 발생했다.

　현 3개의 중국 위정자들은 이 사태의 배후엔 미국의 지속적인 공작이 있었다고 주장하고 있지만 실상은 중국 내부에 쌓인 불합리에 대한 수많은 요구가 일시에 터져 나온 것이었다.

　중국에게 대중화를 꿈꾸게 만들었던 1억 중국 중산층이 자신들의 정치적 권리를 주장하고 나선 것이 제일 컸다.

　중세 봉건시대에선 변혁과 사변의 주체는 절박한 입장에 놓인 농민과 빈민들이었다. 산업화와 정보화를 거친 시대에 이르러선 중산층이 사회 변혁의 주체로 등장했다.

　그 중산층이 중국의 위정자들에게 정치 참여라는 자신들의 목소리를 관철시키고자 했고, 대도시를 중심으로 무정부 소요 사태로 발전했다.

　그리고 그 1억 중산층의 요구에 12억 노예 노동자들이 가세하기에 이른다.

　그 반대로 농민들의 폭동에 중산층이 가세했다고도 한다.

　아무튼 무력 진압을 통해 대량 유혈 사태가 발생하더니 군부를 중심으로 한 중국의 분리라는 사태로 이어졌다.

　그렇게 현 중국 대륙엔 고대 위, 촉, 오라는 삼국 정립의 시기와 비슷한 형세가 펼쳐졌다.

　현 3개 중국의 위정자들은 대륙 혼란의 원인을 외부에 두려 한다. 자신들 내부에 모순은 절대 없고 있을 수도 없다고 주장한다.

그래야 자신들의 기득권이 유지되기에.

지금도 외부에서 가해지는 불합리한 위협에서 자신들이 인민들을 보호한다는 구실을 내세우고 있다.

이 3개의 중국은 정치적 정통성은 자신에게 있다 주장하며 다툼이 끊이지 않다가 30년이 흐르는 동안 서로가 공장이 되고 서로가 시장이 되어 경제적으론 과거 분리 전 중국의 위상을 회복하기에 이른다.

그렇게 3개의 중국은 정치적으론 반목, 경제적으론 협력을 이어 나가고 있다.

현재 3개 중국 인민들 사이에 과거 1억 중산층이 그랬던 것처럼 다시금 정치 참여 욕구가 자라나고 있었다.

인민 대중들의 관심을 돌려야 했다.

중국 대통일!

3개 중국의 위정자들은 다시금 하나의 중국을 표방하며 중국 인민들의 관심을 몰아가는 중이었다. 인민들의 정치적인 관심을 돌릴 최고의 이슈론 이만한 것이 없다.

아니나 다를까.

역시 중국 인민들은 대통일에 병적으로 집착하고 있었다. 자신이 처한 부당한 현실을 모두 덮어버릴 정도로.

중국 대통일만이 부당하고 고단한 현실을 타파할 만병통

치약이라고 여긴다.

과거 눈앞에서 놓쳐 버린 대중화제국의 환상이 중국인들 사이에 여전히 남아 있어서였다. 무지해서이기도 하다.

3개 중국의 위정자들은 다시금 하나 된 중국을 원히지 않는다.

이보다 좋을 수 없는데 왜 골 아프게 하나가 된단 말인가.

그러나 하나의 중국을 향해 3개의 중국이 노력하고 있다는 시늉은 필요했다.

그런 이벤트 중에 E&T 국가 대항전은 좋은 선전 수단이 아닐 수 없다.

게다가 현실이 아니니 더욱 좋다.

이를 증명하듯 중국의 온갖 매체들이 미국전에 승리하자마자 이구동성으로 외쳐대고 있다.

용이 부활하다!

하나 된 중국에 영광된 미래가 기다리고 있다!

오늘 우리는 그 일보를 당당히 내디딘 것이다!

3인의 집행부는 자축할 만했다.

정치적인 목적을 위해 통합중국 집행부가 꾸려졌고, 국부펀드를 이용해 글로벌 E&T를 회유했다.

이제 화룡점정의 마지막 무대가 남은 셈.

"결승전 상대 한국? 풋! 껌입니다."

"아스팔트에 붙은 껌 딱지죠. 아무리 솥 밑바닥을 박박 긁어 전력을 뽑아보았자 4천 기가 최대."

"커커커, 마음만 먹으면 3만 기도 투입할 수 있는 우리 중국을 이길 가능성은 제로입니다. 매서커? 한 1천 기 정도 노획해 가라 합시다. 껌 값은 쳐줘야죠."

"허허허, 과연 대륙의 기상."

"하하하, 대륙의 계산법을 반도 찌끄러지가 어떻게 따라올지 지켜봅시다."

희희낙락이 이럴까.

그런 가운데 붉은 별이 새겨진 모자를 착용한 집행위원이 어렵게 입을 열었다. 그는 조금 전까지 단말기를 통해 모처와 수 분간 심각한 표정으로 통화했다.

표정이 감격했다는 듯이 울먹이고 있다.

"흐흠, 주석궁의 전언이었습니다."

"오?!"

"오.호라?!"

두 사람은 자세를 고쳤다.

"놀라지 마십시오. 3국 주석 세 분이 회동해 결승전을 정주 인민대회의당에서 참관키로 했다는 통보였습니다."

"그럴 수가!"

"오오—!!"

단 한 번도 한자리에서 회동하지 않은 현 중국의 최고 지도자 세 명이 아니던가?

그런 그들이 결승전을 한자리에 모여 참관하겠다니.

각국의 정치국원들까지 한자리에 모일 터이다.

30년 중국 대륙 분리 이후 이런 대회합이 없음이라.

이것은 역사적 사건이다.

당연히 전세계의 시선이 중국에 쏠릴 것이니 자신들이 그런 영광된 자리를 만들었음이 아니고 무엇이랴.

30년만에 이루어진 영수 회동! 멋지지 않은가?

세 사람은 심히 감동했는지 두 손을 모아 서로를 향해 흔들며 목이 메는 듯 울먹거리기 시작했다.

"꿍씨꿍씨, 그간 노고가 많았습니다그려."

"꿍씨꿍씨, 저야말로 감탄했습니다. 귀하의 지도력은 눈이 부실 지경이었습니다."

"꿍씨꿍씨! 중국 가상 유저들을 한데 모은 것은 영도력의 승리입니다."

얼씨구절씨구! 북 치고 장구 치고.

그런 세 사람에게 각자의 비서진을 통해 쪽지가 건네졌고, 고성이 터져 나왔다.

"타마드—!"

"타마드!"

"타마드!"

세 사람 모두 약속이라도 한 듯 쪽지를 사납게 탁자에 패대기쳤다.

이어 성난 멧돼지마냥 씩씩거리는 것도 마찬가지. 세쌍둥이를 보는 듯하다.

그들은 급히 각자의 비서진을 불러들이더니 이곳저곳에 연락해 쪽지의 내용을 확인하느라 부산을 떨어댔다. 정보의 검증이 끝이 나고,

"반(反) 중국 세력의 앞잡이, 반도 찌끄러지가! 감히 결승전을 보이콧해?!"

"서양 숭배자! 분리만 안 됐어도 일개 성(省)으로 편입되었을 것들이."

"미국의 똘마니가 감히!"

얼굴색은 고량주 빛으로 불콰해져선 한국을 향해 입에 담기 힘든 욕들을 토해냈다.

중국, 중국인이 대놓고 저주하는 나라를 들라면 미국이 아니라 한국이리라. 실제 중국인의 미국에 대한 감정은 선망, 동경에 가깝다.

중국인은 반도의 이 작은 나라를 과거부터 지금까지 중국 자신을 큰형, 한국을 말 잘 듣는 아우 정도로 여겨왔다.

이 '중화제국'의 환상은 북한이라는, 중국 없이는 유지될 수 없는 정권이 있기에 여전히 유효한 개념이다.

한데 한국은 지난 백 년간 정치적 자유에 기반한 물질적인 풍요를 누리더니 더 나아가 정신세계와 종교까지 중국을 뛰어넘어 버리는 지경에 이르렀다.

과거 중국 중산층들은 한류를 통해 한국인들에게 공기처럼 배어 있는 자유와 인권의 가치를 깨우쳤다 해도 과언이 아니다.

더 나아가 한류는 자유인이 누리는 삶을 중국 노예 노동자들에게 여실히 보여주었다.

나라는 나라답지 않고 사람이 사람답지 않음과 나라는 나라답고 사람이 사람다움의 극명한 대비를 보여주었다.

아시아 대륙 모서리 한 귀퉁이에 한 뼘도 되지 않는 면적에서 자신들이 누리지 못하는 삶의 풍요와 다양함을 누리고 있다니 옹졸한 혐한론의 배경엔 그런 자괴감이 자리 잡고 있었다.

게다가 그들은 더 이상 중국 문화와 문명을 소비하지 않는다.

중국에서 건너왔다면 물건이든 사람이든 바이러스 취급한다.

어떻게 우리를 그렇게 대할 수 있단 말인가?!

전세계 사람들이 중국인은 자연을 좋아해 조화를 추구하고, 위정자는 중용을 지키고, 이웃에 우호적이며, 종교적으론 영적이며, 어려움 속에 유머 감각이 뛰어나고, 생활 문화는 우아하며, 취미는 고상하다는 착각에 빠져 있을 때 그 모든 것이 허구임을 제일 먼저 알아차린 세계인이 있었으니… 바로 이웃의 한국인이었다.

중국 위정자로선 이웃에 고도로 발달한 문화와 문명이 있다는 것만큼 위협적인 게 없다. 게다가 이들은 자신들이 배격하는 가치를 숭상하고 있다.

한국은 중국에 경제적으로 야합해 세계 여느 나라처럼 중국의 패권주의에 침묵했다. 그러나 한국인들은 자유, 인권, 민주의 가치를 절대 양보할 수 없는 지고의 가치로 여기며 현대 중국에서 벌어지는 황당한 사건을 두 눈 크게 치켜뜨고 바라보고 있다.

중국 위정자들의 눈엣가시 같은 존재가 아닐 수 없다.

총칼을 들지 않은 영구적인 위협이라…….

"드라마 못 팔아먹어 안달이 난 주제에… 이것들이."

"마침 드라마 방영 쿼터를 낮추어야겠다고 생각했는데 실행에 옮겨야겠군."

"이참에 사주지도 맙시다."

"……."

"…그건…….”

"어…….”

"아!"

말을 하고도 서로 난색을 표하는 3인이었다.

현 중국 분리의 시발은 중국 공산당이 한국 드라마 방영을 금지한 것으로 시작됐다고 말하는 것이 그냥 우스갯소리가 아니다.

한국 문화 상품들은 지하로 유통되기 시작하더니 망을 통한 실시간 시청으로 바뀌었다.

이에 중국 당국은 단속과 한국 IP 차단으로 대처했으니 고분고분하던 중국 중산층이 반정부 세력으로 돌변하고 말았다.

늘 있던 노예 노동자들의 작은 소요에 이 중산층이 가세해 대륙을 혼란의 도가니로 몰아넣었다.

이것이 중국 3분의 시발점이었다.

그런 일이 있었기에 조심스러울 수밖에 없다.

"험."

"험."

"험."

그럼에도 삼분된 중국이 여전히 한국을 무시할 수 있는 근거는 있다.

볼모로 잡은 무능한 북한 정권과 경제적으로 야합을 유지하고 있기에.

여하튼 분위기는 차갑게 식었고, 세 사람은 위기를 극복할 방안을 찾아 교활한 눈빛을 교환했다.

"양키 놈들에게 투자 철회 통보부터 합시다."

"그나마 다행이군요. 투자까지 이루어졌으면 국무위원들의 추궁에 목이 붙어 있지 못할 뻔했어요."

"제기랄, 인민들의 눈을 돌릴 수 있는 좋은 이벤트인데……."

"해방군 감찰부대에 공안 정보부대까지 투입했는데… 어허, 이걸 어쩌나."

"저 역시 추가 인력 차출을 요청했는데… 아, 이거 그림 좋지 않습니다."

지금까지의 손익 계산을 굴리는 가운데 쪽지가 이들에게 급하게 전해졌다. 윗선에서 진위 파악을 위해 이제 자신들을 찾고 있다는 것이다.

의외로 정보의 파급 속도가 빠름을 알 수 있었다.

"한국의 보이콧 정보가 인민 대중에게 새어 나가지 못하도록 정보 통제부터 들어갑시다."

"동의합니다."

"…미친 거 아냐. 국가 대항전 동안 가장 많은 실속을 챙긴 주제에 다 된 밥에 재를 뿌려?!"

"아냐, 아냐! 이러고 있을 때가 아니지. 방송, 방송."

급히 자국 방송들을 열어 한국의 보이콧 소식이 흘러나갔는지 확인해 보았다. 모든 방송에선 자신들이 기획한 '하나 된 중국' 이 달성한 위업에 대한 선전 그림만 흘러나오고 있었다.

삼국 주요 방송은 대동소이했다.

아직 정보 차단은 늦지 않았다.

하나 흐르는 방송 그림은 그리 편치 못했다.

중국 인민들의 반응이었다. 왜곡할 필요도 없이 고무적이기까지 했다.

"짜요— 중궈—!"

"짜요— 중궈—!"

"짜요— 중궈—!"

환호하며 나팔 불고 꽹과리를 치며 거리를 가득 메운 인파가 행진 중이었다. 그렇게 승리로 들떠 있었다.

국가가 만든 영웅에 익숙한 중국 인민들에겐 '이웃의 중화 영웅'이라며 E&T 참전 유저들을 치켜세우기에 여념 없기도 했다.

그들은 주변 이웃이 승리의 주역이 되는 그림에 광적으로 호응하고 있었다.

인파 속 무등 태워진 중국 청년들을 향해 중국 인민들이 외쳤다.

"중궈— 세계의 중심에 우뚝 서라!"

"중궈—! 세계의 중심에 우뚝 서라!!"

"중궈—!! 세계의 중심에 우뚝 서라!!"

결승전 승리도 당연히 여기고 있음이라.
3인의 집행위원은 절로 한숨이 나왔다.
"…인민들의 기대치를 너무 키웠습니다. 이렇게까지 선전 공작이 먹힐 줄이야……."
"이거 참, 계획대로라면 상을 주고 싶은 흐름인데……."
그때였다. 인파로 가득한 그림이 흐르는 하단에 긴급 속보를 알리는 자막이 지나갔다.

삼국 정상회담 합의! E&T 결승전에 맞추어 정주 인민대회당에서 개최 확정! 삼국 수뇌부 대집결!

결승전 공동 관람 후 삼국 육로 개방 의견 교환…….

우와아아아아—!!
거리의 인파는 당장 통일을 이룬 양 우레와 같은 함성이 터지며 서로 얼싸안으며 발을 굴렀다.
방금 터진 거리의 함성과 진동이 건물 안까지 밀고 들어왔다.
"……!"
방송 내용을 확인하면 할수록 3인의 안색은 점점 굳어지더니 털썩 의자에 몸을 내맡겨 버렸다.

안색이 새파랗게 질린 상태다.

"맙소사!"

"끄응."

"……."

그렇다.

저 열기와 기대에 감히 찬물을 끼얹을 수 있단 말인가.

다 좋다.

삼국 정상이 공동으로 결승전을 관람하겠다는 것!

이제 더 이상 게임은 게임이 아니다. 정치가 되어버렸다.

앞이 깜깜해지는 중국의 집행위원들이었다.

한국 없는 결승전?

*　　　*　　　*

시간이 흐르고…….

"한국이 참전하도록 우리 쪽에서 설득할 수 있다면 설득해야 합니다. 이 사태를 해결하는 데 모든 권한과 자원을 이용하라는 지령이었습니다."

"흠!"

"음!"

설득? 무엇으로?

"이번 사태는 우리 문제만 걸린 게 아닙니다. 윗분들은 본인들의 체면이 걸린 문제로 여기고 계십니다."

"흐음……."

"음……."

그래서 재앙이다.

삼국 정상회담은 발표되었다.

중국인에게 있어 체면은 중요한 덕목이다. 특히 위정자에겐.

중국의 정치는 옳고 그른 것을 따지지 않는다. 오직 형식이 중요할 뿐이다.

그간 투입된 자원이 문제가 아니다. 권력 상층부에서 자신들의 체면을 걸고 나왔다.

그들의 체면은 인민 대중들의 체면을 세워주는 것으로 선다.

늘 무시하지만 반드시 세워줘야만 하는 인민 대중의 체면!

인민 대중이 원하는 체면은 무엇인가?

대중화의 승리를 원함이라.

온전한!

그 자리를 축하하기 위해 모인 삼국 정상의 모습을 상상해 보라. 그리고 그런 그들을 향한 인민들의 시선을.

보이콧 당해 얻은 반쪽짜리 영광은 분명 야유와 조소로 변할 공산이 크다.

최악의 정부는 무엇인가?

있는 듯 없는 듯한 정부? 두렵고 무서운 정부?

둘 다 아니다.

비웃음거리로 전락한 정부다.

정치권력의 몰락은 인민들의 조롱거리로 전락하면서 시작한다.

그 점을 이미 혹독하게 경험한 중국의 위정자들이었다.

지금까진 국가 자원을 동원하고 있다는 정보를 알고도 그러려니 했지만 이는 불만을 증폭하는 뇌관으로 자리할 공산이 컸다.

반한 감정에 불이 붙어 거리 행진으로 시작하리라. 하나 과거에도 그랬듯이 정권 타도 구호로 변질될 터이니 이를 기획하고 용인한 정부에 대한 체면이 사정없이 무너져 버릴 것이다.

머릿속 가득 찬바람을 들이켰는지 노란 별이 새겨진 모자의 위원이 침착한 어조로 입을 열었다.

"한국이 결승전에 참전토록 우리가 할 수 있는 방법이 있으면 지금부터 손써봅시다."

"……."

"……."

한국이 참전하도록 할, 당장 떠오르는 방법이 이들에겐

없다.

한국 정부에 압력을 넣을 수 있는 문제도 아니다. 한국은 자신들처럼 정부 통제가 먹히는 사회가 아니다.

모든 권력이 민간에서 나오고 있다.

그 민간 담론을 주도하는 세력에게 막대한 당근으로 제공한다 치더라도 공작이 먹힐 시간이 촉박했다.

막막한 가운데 중국 방송에 한국이 치른 국가 대항전 그림이 덤덤하게 지나가고 있었다.

중국 방송은 한국을 '일인 영웅'에 의지하는 조악한 전력의 나라라고 소개하고 있었다.

순간 효과를 거둘 수 있는 존재 하나가 떠올랐다.

"…매서커……."

"매서커?!"

"매서커!"

세 사람은 동시에 고개를 끄덕였다.

"…매서커, 그자를 회유합시다. 뭐니 뭐니 해도 한국의 아이콘이니."

"고려할 가치가 있어요. 대단히 탐욕스러운 자라고 하니 가격만 맞으면 반응이 있을 것입니다."

"거래 조건이 문제인데……."

"뭐라고 떠들든 고작 일개 게이머일 뿐입니다. 들어줄 수 있는 건 전부 다 들어줍시다."

"좋습니다. 제 놈이 욕심이 많으면 얼마나 많겠습니까? 먼저 현지 요원에게 접촉토록 지시하겠습니다."

"소재 파악은?"

"고양이 낯짝만 힌 니리입니다. 찾으려고 하면 못 찾을 리 없습니다. 2백만 화교에 2백만 불법 체류자가 살고 있는 곳입니다. 요원들이 현지화 된 지 꽤 됐으니 그들을 믿어봅시다."

"설득할 수 있을까요? 변수가 많습니다."

"무조건 매서커로 하여금 참전 선언부터 하게 만들어야 합니다. 그것으로 한국의 보이콧 기류를 잠재울 수 있을 것입니다."

"까짓, 줄 수 있는 건 다 줘버립시다."

"일개 게이머입니다. 하물며 나라를 배신하라는 제안도 아니잖아요. 애국자답게 나서서 싸워라 이거 아닙니까."

…….

한데 오히려 통할 것 같지 않은 예감이 들었다.

가상 인류라는 인종들의 면면이 지극히 반사회적이기에.

합리보다는 감정이, 이치보다는 순간적인 느낌에 치우친 행동을 다반사로 하는 종자들이다.

"…말이 안 통하면 말이 통하게 하는 방법이야 얼마든지 있습니다. 한국의 차이나타운엔 우리 수족이 되어줄 선수(選手)들로 흘러넘칩니다."

"시간이 촉박하니… 그쪽에 전권을 위임합시다."

"그래요. 처음부터 그쪽에 넘깁시다. 우리가 개입한 흔적이 남지 않으면 않을수록 좋은 거 아닌가요."

"가만 가만, 역시 그쪽이 더 먹힐 수 있겠어요. 납치해 선언부터 하고 팔 하나 자르면……. 결승전에 서 있기만 하면 되잖아요."

"……."

"……."

흉악한 눈빛들이 오고 갔다.

붉은 별을 단 모자의 인물이 은근한 목소리로 말했다.

"그럼 합의한 것으로 알겠습니다. 그런데… 오늘처럼 만일이라는 게 있고 하니 각국 정예 요원을 감시 역할로 투입토록 합시다."

"그럽시다. 철저할수록 좋죠. 놀이가 국가 대사가 된 마당에……."

"순순히 협조해도 마무리라는 게 더 중요하죠. 후후."

바다 건너 한 개인의 생사쯤이야…….

"그럼 요원 배치가 끝나는 대로 두 분 모두에게 실시간으로 진행 상황을 열어놓도록 하겠습니다."

"좋습니다."

"하오!"

흡족한 듯 비릿한 미소가 길게 맺혔다.

그렇게 간만에 국가를 위해 진지하게 머리를 굴렸다고 생각하는 통합 중국의 진행위원들이었다.

이들이 국가 자원을 다루는 데 능한 인물들이기도 해서이리라.

아니면 배후 공작에 능해서일지도.

느긋하게 차를 권하며 회의를 마치려는 그들 앞에 메모 하나가 조용히 건네졌고, 이들은 쪽지를 돌려보며 눈빛을 교환했다.

"글로벌 E&T가 한국의 참전을 믿고 맡겨 달라고 큰소리를 치는군요. 이들도 한국 때문에 안달이 나긴 났군요."

"풋, 발등에 불이 떨어진 건 우리만이 아니군."

"결승전다운 그림은 나와야 합니다. 한국 전력을 이번 미국 전력만큼 참전케 한다면 투자 제안은 유효하다고 합시다."

"인민의 기대치도 있으니 한국을 그 정도 물량에 맞추려면 양키들도 이번엔 발바닥에 땀 좀 흘리겠네요."

"양키 놈들을 부릴 수 있을 때 부려야죠."

"…진행하는 우리 쪽 노력은?"

"양키 말을 언제부터 믿었습니까? 우리 쪽 진행 사항은 그대로 진행토록 해야죠."

끄덕이는 것으로 동의를 했다.

별은 단 모자를 착용한 사내들의 눈빛이 점점 깊어졌다.
그리고 단호하게 동시에 말했다.

"세계의 중심에 우뚝 솟아— 萬國을 내려보자!"

War 03
스승과 제자

機甲戰記
Massacre
기갑전기 매서커

　항주, '중국 종교인 대집회' 라는 현수막이 내걸린 호텔 내 대형 세미나 홀.

　승, 도, 속 차림의 인물들로 분주한 가운데 창가 구석자리에 한 노인이 외로이 앉아 있다.

　색 바랜 백색 도포 차림의 노인이 건물 밖 거리를 목을 빼고 아이 같은 천진난만한 얼굴로 내려다보고 있다. 노인의 상투는 나무 비녀로 단정하게 고정되어 있는 것이 옛 이야기 속의 도사를 보는 듯했다.

　건물 밖 거리는 승리를 자축하는 인파로 북적였고, 폭죽 터지는 소음과 현란한 불꽃이 건물 안으로 밀고 들어오고 있었다.

노도사는 실내를 둘러보며 중국 종교인들의 면면을 살피더니 혼잣말하듯이 말했다.

"선량한 사람은 숨어 나오지 않고, 사악한 사람은 사방을 배회하며, 무지한 사람은 헛소리를 끊지 않고, 오만방자한 사람은 지지를 얻고 있으니… 맨 정신을 지키기는커녕 정신 차릴 수 있을지 의문이구나."

강한 울림이 전해지는 음성에 자칭 종교인을 자처하는 무리가 멀어졌다.

곧 노도사를 무시하며 서로의 이야기를 이어 나갔다.

노도사 역시 이들을 관심 밖으로 밀어냈다.

무리 속에서 청년이 노도사에게 다가왔다.

"헐헐, 제자 덕에 이런 호강을 누리게 될 줄이야……."

"…방은 만족하시는지요?"

검은 차이니즈 재킷 차림의 미청년이 송구한 듯 우울한 목소리로 물어 왔다.

노도사가 그런 청년을 무심한 눈으로 올려보았다.

"아주 만족하지. 만족하다마다."

하오, 하오를 연발하는 노인의 말이 어감과는 거리가 있음을 청년은 모르지 않았다. 자신에 대한 노여움으로 가득 차 있음이다.

광대놀음에 스승을 끌어들였다 생각하니 청년은 입이 있

어도 할 말이 없었다.

"……."

청년도 일이 이렇게 진행될 줄은 상상하지 못했다.

볼모가 아니고 무엇이랴.

자신의 사부에게 이런 황망한 사태가 벌어질 줄 알았더라면 3년 전 절대 산문을 내려가지 않았으리라.

청년은 노도사의 시선을 따라 번화한 거리를 내려다보았다.

조명에 비친 청년의 눈썹은 짙은 자색이었다.

한데 노도사는 그런 청년의 옆얼굴을 바라보며 보일 듯 말 듯 가늘게 웃으며 말했다.

'건강하구나.'

"종주야, 저리도 좋을까?"

노도사의 어투는 어느샌가 부드럽게 변해 있었다.

청년의 이름은 종주였다. 청년은 스승의 변한 어감에 어안이 벙벙해져 한참을 뜸 들이다 입을 열었다.

평소 생각이 습관이 되어 튀어나왔다.

"…노예니까요. 노예임을 잊을 수 있으니까요."

제자의 과격한 답에 노도사는 빙그레 웃으며 그 역시 한참 뜸을 들인 다음 말했다.

"과거 나도 그렇게 생각한 시절이 있었지. 구제불능의 중국인……."

“……?”

“그렇다. 이젠 다 지난 일. 허무하고 허무할 뿐.”

“……!”

노도사의 말에 청년은 띰띡 늘린 표정을 시었나.

스승의 사전에 ‘과거’란 단어는 없었다. 특히 ‘나’와 관련해서는 더욱 그랬다.

청년은 스승의 과거를 알지 못했다. 그 스스로 말하지 않았고, 그에 대해 말하는 사람 역시 본 적 없다.

지금도 그저 화산을 절대 벗어난 적 없는, 세상사 번잡함에서 도피처로 화산을 택한 흔하디흔한 도사로 알고 있을 뿐.

“궁금하지 않았더냐? 이 스승의 과거가.”

종주는 스승을 감히 바라볼 수 없었다, 알려 달라 입을 열면 오히려 입을 다물 것 같아서.

스스로 답을 찾으라는 듯한 무심한 눈빛과 함께.

그렇게 그는 자신을 다루었다.

제자의 그런 반응에 노도사는 상관없는지 말을 이었다.

“모든 것을 변화시킬 수 있다고 믿었고, 같은 꿈을 꾸던 수많은 동지도 있었다. 세계도 우리 편이었다.”

“……”

스승은 자신의 과거를 이야기하고 있었다, 도사 이전의 그의 삶을. 종주는 스승의 과거 속으로 빠져들었다.

‘…당신을 이해하고 싶습니다!’

마음으로.

"…중국으로 돌아왔다."

……!

의외의 역사였다.

스승은 놀랍게도 미국에서 이론물리학을 전공한 전도유망한 청년 과학자였다. 우주 개발 분야 연구원으로 중국 서안에 자리 잡았다.

당시 중국은 우주 개발을 놓고 막 미국과 경쟁에 뛰어든 상태라 과학자들에 대한 중국 정부의 대우는 지극정성이었다.

이를 보답하듯 스승은 수많은 우주 프로젝트를 성공적으로 이끌었다.

"후후, 프로젝트 가운데 최고의 성과는… 위성 포격 시스템 자체를 순수한 중국 기술로 구축한 것이었지."

"……!"

이럴 수가!

경악의 연속이었다.

스승이 과학자였던 것도 놀라운데 중국의 위성 포격 시스템을 구축한 장본이었다니…….

종주는 스승의 이야기를 의심할 수 없었다. 그 스스로 하는 말이기에.

"주위의 부러움과 질시가 이 한 몸에 집중되었지. 하나 내 인생에서 가장 불행한 시절이었다."

"…예?"

그런 황금기를 가장 불행한 시절이었다니…….

"내가 하는 일에 전혀 보람을 느낄 수 없었다. 그 우주 경쟁에 투입된 자원은 10억이 넘는 중국 노예 노동자들의 피와 땀으로 이루어져 있었으니까."

"……."

종주도 안다, 그들의 비참한 삶을. 그런 삶을 체험했기에.

"그렇다. 나는 사회활동가로 돌아섰다. 그 흔한 인권 민주 운동은 아니었지. 나 말고 하는 사람은 많았으니까. 그저 중국의 국부(國富)를 인민들을 위해 써달라는 거였어."

"……."

종주는 터지려는 웃음을 참아야 했다. 대신 과연 스승답다고 고개를 끄덕였다.

오히려 중국 정부의 더 민감한 곳을 건들인 것이다.

그렇다.

국가 자원의 분배는 국가권력의 고유 권한 아니던가.

그것은 대도전(大挑戰)이다.

지금도 마찬가지.

"뜻을 같이하는 동지들도 모여들었고 우리의 목소리를 중앙정부에 전달도 했다."

중국 정부는 과학자들을 탄압하지 않았다.

곧 불똥이 떨어질 줄 알았던 스승으로선 사건이 의외로 부드럽게 흐르자 동료들과 서안 근처 화산으로 일출을 보기 위한 산행에 나섰다. 일종의 단합대회였다.

"…그렇다. 이후 나는 화산을 나설 수 없는 몸이 되었다."

당시 중국 정부는 수많은 반체제 인사들을 가택 연금한 상태였다.

가택 연금된 인권운동가들에게 세계 언론의 관심을 끌어들였기에 또 다른 의미의 운동가인 이 일단의 반동 과학자 집단엔 '출산 금지'로 중국 정부는 대응한 것이었다.

"서른 명의 과학자 동지들이 화산을 벗어날 수 없는 지경에 처해졌지. 초기엔 나름 해외 활동가들에게 우리 사정이 알려져 관심을 끌었지만… 그들 눈엔 우린 고귀한 인권운동가는 아니었으니 관심은 곧 흐지부지 흐려지더구나."

"……!"

이런 순진한 사람들을 보았나!

종주는 스승의 이야기에 웃어야 될지 울어야 될지 갈피를 잡을 수가 없었다. 스승 역시 서구 문명의 껍데기만 배운 전형적인 인물이었음이 아니고 무엇이랴.

중국 문명을 압도한 서구 문명의 본질은 과학이 아니다. 그 과학을 낳은 근본적인 본질은 따로 있다.

바로 정신에!

중국인은 절대 이해할 수 없는 정신과 영혼의 본질!

당시 스승의 처지가 이해는 됐지만 종주는 쓰게 웃을 수밖에 없었다.

하나 비웃을 수 없다.

스승은 화산에서 그 본질을 찾았던 것이다. 그렇기에 자신이 이곳에 있을 수 있은 것이고, 한 사람의 자유인으로서.

종주는 저도 모르게 고개를 끄덕였다.

"동지들은 3년이 지나지 않아 스스로 타협하더니 자신들의 일터로 돌아갔고… 나만 남았다. 나름 신념이 강해서는 아니었다. 그래, 그것은 분명 도피였다."

"……?"

"동지 가운데 화산 일출 산행을 기획하고 정부에 알려준 배신자가 있었다. 일망타진의 기회를 그 스스로 만든 것이지."

"음!"

어디에나 있는 기회주의자.

"이후 그 배신자는 바라마지 않던 공산당 입당에서… 과학 센터 요직을 차지했다더군. 과학자의 길보단 정치가로 나선 것이지."

"……."

흔하디흔한 중국인들 간의 암투는 과학자 사회에도 존재했다.

"나는 그런 그를 얼굴 맞대고 볼 자신이 없었다. 그 열등감 넘치는 배신자의 얼굴을."

“……..”

그래서일 리는 아니리라. 종주 그 자신이 사회에서 목이 말랐듯이 채워지지 않는 영혼의 갈증에 대한 해답을 찾는 세월이었으리라.

“그 후 20년을 화산에서 무위도식하니 다들 나를 도사로 대우해 주더라. 그때 아무리 옷이 궁했어도 도복을 빌려 입는 게 아니었는데. 껄껄.”

“……..”

20년이 지난 다음 중국에 내전이 발생해 그를 가둔 정부는 사라졌지만 그는 화산을 내려오지 않았고, 중국 삼분 30년 세월 내내 화산을 나서지 않았다.

장장 50년이다!

그렇게 청년 과학도는 팔순이 넘는 도사가 된 것이다.

“그렇다. 스스로 원해서 도사가 된 게 아니라 이리저리 떠밀려 흐르다보니 도사 아닌 도사가 되어버린 경우다.”

“……..”

스승은 도덕경의 흔한 경구조차 입 밖에 내지 않았다.

한때 과학자였던 인물이 갑자기 복을 구해 음양오행의 운행에 관심을 가질 리 없다. 스승은 자신이 깨닫지 못한 서구 문명의 본질을 찾아 파고들어 갔을 뿐이다.

하나, 그런 그에게 복을 받고 빌기 위해 지금도 수많은 중국인들이 화산을 오르고 있다.

　멀리서 스승을 보는 것만으로 펑펑 눈물을 터뜨리던 사람이 왜 그리 많은지…….

　팔순을 바라보는 노인임에도 50대의 중년처럼 보일 정도로 비범한 품모까지 더해 화산에서 도사다운 도사를 들라면 '자미선인' 이 유일했다.

　"…그 한 사람을 미워해 50년을 화산을 벗어나지 않았다니… 내 삶을 말할 이야기는 고작 이뿐이구나. 허허."

　"…그렇지 않습니다."

　스승의 목소리에 허탈함이 가득했다.

　"한데 참 지독한 인연이구나."

　"예?"

　"너 말고, 얼굴 보기 무섭다는 그 녀석을 여기서 보게 될 줄이야……."

　"무슨?"

　종주가 기억하기론 스승이 산을 내려와 대면한 인물은 자신도 알고 있다.

　기관원들로 그중 스승 나이 또래의 노인은 없었다.

　스승은 널따란 세미나 홀 중앙에 걸린 액자 속 사진을 가리켰다.

　종주의 눈엔 붉은 별로 대변되는 중국의 현 주석이 액자 안에 온화한 부처 같은 미소를 흘리며 자리하고 있을 뿐이다.

　"그렇다. 그자가 바로 그다."

“……!”

“허, 선배님, 선배님 하며 살살거리며 따라붙을 때가 엊그제 같은데 그도 백발의 노인이 되었구나. 세월은 공평하나 중국 방방곡곡에 그의 사진이 저렇듯 걸려 있으니… 그 법력이 50년을 입산수도한 도사를 능가함이 있구나.”

“…….”

골이 띵해왔다.

하나 그림은 맞았다.

붉은 별로 대변되는 중국의 주석은 자신이 알기로도 서안 우주과학센터장으로서 내란으로 혼란한 시기 과학센터를 지킴으로써 현 주석의 자리에 오른 인물이다.

중국 과학 요람을 지키다! 그를 따라다니는 수식어다.

하나 그의 출세의 시작은 스승과 동료들을 배신함으로써 시작한 것이었다.

“쯧쯧, 이처럼 별거 아닌 것을……. 역시 난 겁쟁이였어.”

종주는 당신은 겁쟁이가 아니라고 말하고 싶었다.

하나 입술이 떨어지지 않았다.

노도사는 부드러운 눈으로 종주를 바라보았다.

그 어느 때보다 홀가분해 보였다.

종주는 스승의 눈을 마주 보지 못하고 고개를 떨어뜨릴 뿐이었다.

스승을 배신한 것은 사진 속의 그만이 아니다. 종주 그 자신도 그를 배신한 것이나 마찬가지다.

자신으로 인해 스승은 볼모의 몸이 되어 화산을 떠나 이 자리에 있게 된 것이니.

"허허, 여하튼 내가 가장 행복한 시절을 이야기하려니 이렇게 이야기가 길어졌구나."

"……."

"…내가 너와 처음 만난 그 순간이 내 인생에서 가장 행복한 순간이었다. 내 어찌 그날을 잊을 수 있으랴."

"…예?!"

화산 중턱 등산객들이 쓰레기를 모으는 장소에 버려진 아이가 바로 종주 그다.

그렇다. 종주의 친부모는 백 일도 지나지 않은 핏덩어리를 화산에 버린 것이다. 남아를 바라는 향화객이 있을지 모른다고 생각해서이리라.

"그리고 네가 자라는 것을 지켜보는 시간이 내게 있어 가장 행복한 시절이었다."

순간 종주는 목이 콱 메어왔다.

"그, 그런… 저는 스승님을 배신했습니다."

"너는 나를 단 한 번도 배신한 적 없다."

"하, 하지만… 지금 스승 당신을 이 모욕된 자리로 불러들였습니다."

"자식과 함께 있는 자리가 모욕된 자리일 리 없다. 그곳이

염왕전 앞이라도 행복한 자리지."

"……."

눈물이 왈칵 쏟아졌다.

종주의 볼을 타고 눈물이 뚝뚝 떨어졌다.

3년 전, 열아홉 살이었던 종주는 화산을 떠났다. 아니, 달아났다.

자신의 처지를 비관하며 자신의 행동 하나하나 닦달하듯 대하는 스승을 저주하며.

'도사의 자식' 이라는 꼬리표를 달고 화산에 한시도 있을 수 없었다.

자신과 마찬가지로 스승의 눈썹 역시 자미(紫眉)였다. 그런 우연도 없으리라.

이 둘을 스승과 제자로 보는 사람은 같은 도사들 사이에서도 드물었다.

온갖 소문과 억측이 민감한 나이의 종주를 뒤따라 다녔다.

스승이 영험하다는 소문이 날수록 더욱 그랬다. 스승에 대한 시기와 질투가 애꿎은 종주에게 쏟아진 것이다.

지금 노도사의 눈썹은 하얗게 세어버렸지만 자신이 화산을 떠날 때만 해도 노도사의 눈썹은 선명한 자미였다.

그렇게 스승은 '화산의 자미선인' 이라고 알려졌다.

"…스승님의 눈썹이……."

“3년 전 부터 이렇게 세어버리더구나. 더 일찍 세어버렸으면 네가 그토록 마음고생할 일 없었을 것을… 미안하구나.”

“……”

중주는 앙상한 스승의 팔에 매달려 흐느껴 울기 시작했다

OF TEN DIVINE NAMES
War 04
폭군과 노예

機甲戰記
Massacre
기갑전기 매서커

“건강하구나.”

노도사는 소리 죽여 울먹이는 종주의 머리를 쓰다듬었다.

자신의 과거를 이야기했듯이 이제는 제자가 바깥세상에서 보낸 3년의 세월이 궁금했다.

“잘 지냈느냐?”

“…지옥을 보았습니다.”

“어허?! 그럼 친구는?”

“…짐승들과 교류했습니다.”

“어떻게 버텼느냐?”

“…화산을 그렸습니다.”

감히 스승님을 생각하며 버텼다고 말할 수 없었다.

노도사는 고개를 끄덕이며 이미 그 뜻을 헤아렸음이라.

종주는 화산을 떠나자마자 대도시에 번화함에 매료되었다.

하나 도시는 종수에게 하찮은 노동자의 길밖에 열려 있지 않았다.

다섯 평 남짓한 공간을 24명이나 되는 사내들과 시간을 정해 이용해야만 하는, 겨우 숨 쉴 정도의 암담한 생활을 당연히 여기며 살아가는 삶이었다.

노예 노동자의 삶!

세상을 알려주겠다며 감히 친구를 자처하는 자들도 생겨났다. 이들의 행태가 더 가관이었다.

무리 지어 동료 노동자들을 상습적으로 갈취했고, 도박판에 끌어들이고, 마약을 권하는 등, 범죄를 밥 먹듯이 저지르는 자들이었다.

그런 자들에게 노동자 숙소는 장악되어 있었다.

그런 어느 날 그들 스스로 '협사' 라 자처하며 동료 노동자를 핍박했으니 종주는 폭발했다.

어떻게 동료들의 급료를 갈취하는 게 협이고 의란 말인가?

종주는 그들이 가하는 불합리한 압박을 그때까지 무던히 견뎠었다.

그러다 결국 종주 홀로 불한당 소굴을 뒤집어엎어 버렸다.

'쓰레기들이 감히 협을 입에 담다니!'

그는 삶에 아무짝에도 쓸모없다 여기던 화산의 기예와 무술로 불한당들을 압도했다.

내장을 터뜨리고 팔다리를 분지르는 등 처음으로 사람을 상하게 했다.

종주의 스승은 무예를 가르친 적이 없다. 무예를 알지 못했기에.

종주의 뛰어난 무예는 화산이 처한 상황으로 이해할 수 있었다.

웅대한 화산은 수많은 크고 작은 도관을 품고 있다. 그런 도관 중 관광객들의 호기심을 자극하기 위한 무술학원이 생겨났다.

소림과 무당이 '무림 기업' 의 길을 걷는 것과 같았다. 중은 있으나 부처가 없고 도사는 있으나 신선이 없는 그런 상황이 중국 종교계의 현실.

여하튼 그렇게 생겨난 무술학원이 어린 종주에게 유일한 배움터이자 좋은 놀이터를 제공해 주었으니 종주는 목검을 등에 비껴 메고 도관과 도관을 싸돌아 다녔다.

게다가 비범한 외모가 거들었으니 자미의 어린 종주가 펼치는 무술 시연은 관광객들에게 꽤 인기가 있어 무술 사범들의 관심을 모았다.

'자미의 소년 검객' 이란 이미지는 이야기 속 소년 영웅 이

미지와 잘 맞았다.

무술 공연 주인공 역은 종주의 독차지였다. 그만큼 종주 역시 심혈을 기울려 무술을 익혀야 했다.

그렇게 종주는 화산에서 배우이지 충망 빚는 무술가로 성장할 수 있었던 것이다.

무리 지은 불한당들과는 근본적으로 달랐다.

그런 일이 있고 나서 노동자 숙소에서 종주의 위상은 달라졌다. 불한당들이 점거한 방 하나가 종주 일인에게 통째로 양보되었다.

동료 노동자들의 이런 태도에 종주는 전혀 기쁘지 않았다.

종주의 노동자로서의 일과도 바뀌지 않았다.

그러던 어느 날, 동료 노동자들이 돈을 모아 종주에게 상납해 온 것이다.

어떻게 이럴 수 있단 말인가?!

오백 명의 노동자가 20명이 될까 말까 한 불한당 무리에게 착취당한 것도 이해 불가인데 상납의 관행을 유지하려 하다니……

인간의 비굴함에 깊은 절망감을 느껴야만 했다.

수많은 노동자들이 단 한 사람을 위해 십시일반으로 모아온 돈!

유혹이 왜 없었으랴.

그때 종주는 스승의 가르침을 떠올렸다.

그 지긋지긋하고 이해 불가의 가르침.

목검을 들고 우쭐거리는 자신을 향해 무술 사범들이 들려주지 않는 정신의, 마음의 가르침이 있었다.

사람이 사람다울 수 있는, 사람이 사람다워야 함을 일깨우는.

그날부로 노동자 숙소를 미련없이 훌훌 털고 떠났다.

화산으로 돌아가기를 결심한 것이다.

사람다움이 있는 곳으로, 그런 가르침이 있는 그곳으로.

그런데 종주에겐 반년간 노동자 생활로 저축한 약간의 돈이 남아 있었다.

그 돈으로 무언가 기념할 말한, 그리고 화산의 시큰둥한 도사들에게 자랑할 체험을 해보자고 결정했다.

술, 여자가 아닌 뭔가 도시인다운 경험으로.

"…역 근처엔 가상체험실이 성업 중이었습니다. 현대 정신과학이 만든 '화신' 이라는 게 궁금했습니다."

"호오!"

종주의 설명 내내 감탄사를 터뜨리는 노도사였다. 반대로 종주의 이야기에 빠진 그였다.

종주는 가상 세계에 발을 디뎠다.

그렇게 종주에게 새로운 세상이 기다리고 있었다.

그 속에 허구의 촉산은 물론 화산도 있었다.

그런데…….

“…공안에 체포되었습니다.”

“응?”

노도사의 눈이 커졌다.

아무리 자유로운 가상 사회라도 범죄 행위를 했을 리 없는 제자다.

“그러니까……”

문제는 역시 노동자 숙소에서 있었다. 불한당들을 몰아냈지만 이 불한당들로부터 정기적으로 상납을 챙기던 지역 공안의 존재를 알지 못했던 것이다.

동료 노동자들이 모아온 돈엔 그 자신을 위한 것도 있지만 관리들의 몫도 포함되어 있었던 것이다.

나름의 상납을 기다리던 공안이 더 이상 참지 못하고 종주를 잡범으로 몰아 2년간의 노동교화형을 구형해 버렸다.

“…허.”

고개를 절레절레 흔드는 스승이었다.

종주에겐 또 다른 지옥이 기다리고 있었다.

종주는 교도소에 구금되자마자 낮에는 사출 기계 앞에서 자동차 부품을 생산해야 했고, 밤엔 조잡한 가상 단말기에 들어가 ‘가상 화폐’를 생산하는 처지가 되었다.

“음.”

월급을 줄 필요 없는 사이버 작업장은 교도소의 주요 수입원이었다.

3천 명이 실내체육관을 개조한 장소에서 동시에 접속하는 그림을 상상해 보라.

머리 위에 사람, 발아래 사람이 있는 아프리카 노예선에 비유될 만한 지옥이 그곳에 있었다.

매일 일정 금액을 채우지 못하면 교도관들의 몽둥이세례가 퍼부어졌다.

교도소에서 운영하는 가상 단말기는 세대가 떨어지는 최악의 기기였다. 한국에서 넘어온 중고 기기가 그나마 최신형.

동화율이 높을수록 뇌가 녹는 느낌이 이럴까 싶을 정도의 고통을 수반했다.

종주는 이 고통 속에서 스스로의 한계를 극복하기에 이른다.

가상 속에서 대자유를 향한 한 발을 내디딘 것이다.

불과 한 시간만에 교도관들이 정한 할당량을 채울 수 있을 정도로 종주는 성장했다.

당연히 자신의 능력과 성취를 철저히 감추었다.

3천 명의 죄수 가운데 하나라는 점이 이점으로 작용했다.

하루 상납금만 맞추면 되는 것이다.

종주는 가상의 세계에서 자신의 계획을 차곡차곡 실행에 옮겼다.

몰래 요괴를 포박하고, 용들을 굴복시켜 기환영웅의 길을 걸었다.

하루가 일주일이, 일주일이 한 달이, 한 달이 일 년이 되었
다.

그는 처량한 현실을 반전시킬 동화 같은 힘을 차곡차곡 쌓
아 나갔다.

출소를 앞두고 종주는 한 장의 장보도(裝寶圖)를 완성했
다.

자신이 굴복시킨 요괴와 반선, 폭룡이 지키는… 텅 빈 동
굴!

이 장보도에 관한 소문을 몇몇 보화와 아이템과 함께 흘렸
다.

실체하는 장보도의 등장!

그렇게 증오와 욕망이 넘실거리는 중국 가상 사회에 장보
도를 유출시켜 혼란의 도가니를 조장했으니 교도소가 운영하
던 작업장은 그 혼란에 직격으로 휩쓸렸다.

모든 단서를 교도소 작업장이 관련된 방회와 방파로 향하
게 만들었기에.

죄수들이 무슨 신명이 있어 교도소 작업장이 만든 가상의
방파를 지키겠는가.

차연 교도소 작업장에 대한 실상이 널리 알려지기에 이른
다.

결국 작업장은 잠정 폐쇄에 들 수밖에 없었다.

그렇게 종주는 복수 겸 가상 사회를 조롱할 수 있었다.

그리고 출소.

2년간 함께한 분신이자 화신과 함께 자유를 찾았다.

가상에서도 싸우고 현실에서도 싸워 자신의 화신(아바타)을 지켜낸 것이다.

"실제 사람이 상하지 않으니… 이보다 좋을 수 없었습니다."

"……."

스승은 제자의 모험에 정말로 감탄했다.

내가 아바타인지 아바타가 나인지 모르는 세월이었으리라.

잠시 시간이 흐르고, 종주는 어렵게 말을 이었다.

"가상에서 이해 못할 기이한 체험을 했습니다."

"……?"

"스승님을 보았습니다."

"내가? 호오―"

그랬다.

출소 전날 종주는 가상의 화산을 돌아다니다 자미선인을 볼 수 있었다.

게임을 만든 이가 스승을 NPC로 구현해 놓다니?!

'감히 스승님을…….'

분노보다 머릿속에 찬바람이 들기에 충분했다.

화산 잔도를 도포 자락을 휘날리며 걷고 있는 스승의 모습은 아슬아슬 위태롭기만 했고 표정은 억울한 듯 무표정한 모습 그대로였다.

아니, 그것은 새끼를 찾는 어미 호랑이의 얼굴이었다.

누구를 찾고 있음인가?

바로 자신이라는 생각이 머리를 때렸다.

아무리 목이 터져라 불러도 스승은 묵묵히 걸어갈 뿐이었다.

그리고 점이 되어 아득한 안개 속으로 사라져 버렸다.

재현한 의도는 알 수 없었다.

불길한 예감에 화산으로 무조건 가기로 마음을 다잡았다.

미련이 왜 없었겠는가.

출소 후 계정과 가상 재화를 정리하니, 이럴 수가!

배에 힘 줄 정도의 재산이 생겨 있었다.

장보도를 노리고 벌어진 쟁투에서 수많은 중국 유저들이 흘리고 떨어뜨린 재화와 아이템들이 장보도 설계자인 자신에게 흘러들어 와 모인 것이다.

대도시의 풍요와 화려함을 마음껏 누릴 수 있는 거액이었다.

도시 호적을 사 가정을 꾸릴 수도 있다.

화산을 나서며 바라 마지않던 부귀영화가 아니던가.

다시 한 번 갈등의 순간이 찾아왔다.

"저는……."

세상에 대한 미련을 떨어내지 못해 다시 가상의 화산을 찾
았다.

그런데 자미선인의 모습을 한 NPC는 찾을 수 없었다. 주변
유저들에게 물어보아도 그런 NPC 자체를 본 적이 없다는 게
아닌가.

종주 그 자신의 눈에만 보였음이라.

"…다급해졌고, 그제야 미련한 미련을 떨칠 수 있었습니
다."

"호오—"

"……."

종주는 가상의 삶뿐 아니라 현실의 삶까지 냉정하게 정리
하기로 결심했다.

이 돈으로 스승을 편안하게 모시리라.

그렇게 기도할 뿐이었다.

그는 화산으로 향하는 기차역을 찾았다.

"그곳에서……."

종주는 정부 기관원들에게 연행되었다.

처음엔 자신이 일으킨 장보도 사건 때문인 줄 알았다.

대륙 가상 사회에 대혼란을 야기했으니…….

하나 아니었다.

의외의 제안을 해왔다.

중국 가상 지존의 한 사람으로서 E&T에서 화산파를 조직

해 성과를 만들어보지 않겠냐는 것이었다.

기관원들의 권유를 거절했다. 뜬금없었으니 당연했다.

이미 가상의 삶은 물론 현실의 삶까지 깨끗이 정리하기로 마음먹었기에.

권유는 곧 강요로, 강요는 강권으로, 강권은 협박으로 이어졌다.

그들은 화산의 스승을 들먹이기 시작했다.

'자미선인은 정부에서 허가한 도적에 올라 있지도 않은 사이비 종교인이다. 감히 과학의 시대에 우매한 인민들을 상대로 복을 들먹이며 혹세무민하는 구시대 사회악으로 교화가 필요하다'는 것이었다.

말이 교화지 중국 교화소의 악명은 높다.

직접 체험까지 했다.

팔순 노인을 어떻게 깡패와 범죄자, 마약 중독자들과 함께 있게 할 수 있단 말인가.

종주의 눈앞이 깜깜했다.

현몽은 사실이었으나 스승을 위기에 빠뜨린 것은 바로 자신이었다.

스승의 안전을 조건으로 거래를 받아들여야 했다.

그렇게 종주는 중국 E&T 세계에 발을 내디뎌 오늘에 이른 것이다.

특히 오늘, 기관원들은 화산을 떠나지 않은 스승을 항주의 호텔로 데리고 왔다.

자미선인은 '중국 종교인대회'라는 거창한 타이틀의 참가자로 초대되었다.

자신이 스승의 안전에 대한 의구심을 품자, 정부는 종교인으로 스승을 공인하는 자리를 마련한 것이다.

종주가 지나온 사정과 스승이 왜 뜬금없이 항주에 올 수밖에 없었는지를 이야기하자 스승은 두 눈을 휘둥그렇게 뜨며 재미있게 듣고 있었다.

'히야—!' 하는 천진한 감탄사를 터뜨려 설명하는 종주를 무안케 하기도 했다.

"…일이 그렇게 된 것입니다."

"어쩐지 도관에서 뜬금없이 도첩을 주기에 50년 무위도식하면 다 주는 건 줄 알았는데… 그런 사정이 있었어."

도첩을 부여하는 도관의 관주는 공산당원, 즉 공무원이다.

"송구합니다. 우민한 저로 인해 스승님의 청정을 방해하게 되었습니다."

"이제 진짜 도사가 됐다고 좋아했는데 좋다가 말았군. 허허."

"단 한 번도 당신이 도사임을 내세우지 않으셨으면서……."

"제자를 도적에 올리려니 그런 거지. 도사의 새끼니까 도사가 되어야지. 암."

"……."

얼마나 듣고 싶은 말이던가.

"껄껄. 좋아, 좋아."

스승은 제자를, 제자는 스승을 염려할 뿐이었다.

스승과 제자 사이에 수많은 이야기가 오고 갔다.

"종주야, 기억하느냐?"

"예? 무엇을 말씀하시는지요?"

"나는 네가 무예를 익히는 것을 싫어했다. 내가 너에게 도저히 가르칠 수 없는 분야여서였다."

그랬다. 스승의 잔소리 아닌 잔소리는 자신이 무술을 배우면서부터다.

스승은 도사도 기공사도 아니다. 근본이 과학자다.

"그때의 잔소리가 지금의 저를 만들었습니다."

"좋아, 협사를 자청한 불한당의 말이 너를 그렇게 화나게 만들었다고 했다. 그래, 그 협이 무엇이기에?"

"……."

현실에서 폭력을 행사했고, 가상에서는 거대한 음모를 진행시켜 가상 사회를 혼란에 빠뜨린 제자다.

그렇다. 부쩍 커버린 제자의 상태를 걱정함이었다.

아무튼 노도사는 협에 대해 단 한 번도 규정한 적 없다.

모든 개념은 받아들이는 사람마다, 행하는 사람마다 다름을 알기에.

"과연 너의 협이 무엇이기에?"

화산에서 종주를 괴롭히던 스승의 '말씀' 공격이 이런 식이었다.

자신이 무의식적으로 행한 행동의 의미를 찾도록 의문을 던졌다.

스스로를 돌아보지 못하던 시절의 아득함이라……. 하나 지금은 다르다.

"스승님은 협을 사기의 유협열전을 들어 제게 설명하셨습니다."

"흠. 고대인의 정의지. 그것은 참고 사항일 뿐이야."

"그 행동은 비록 정의에 들어맞지는 않으나 그 말은 틀림없이 믿을 만하고, 그 행동은 틀림없이 약속을 지키며, 한번 허락한 일은 제 몸을 아끼지 않고 어려움을 무릅써 가면서 남을 도와 죽고 사는 것을 잊는다. 그러면서도 자기 재주를 자랑하지 않고 그 덕을 내세우는 것을 부끄럽게 여긴다, 라고요."

"훗, 앵무새냐?"

특유의 다그침은 스스로 생각하기를 원함이었다.

"그렇습니다. 그저 외울 뿐 이해 못했습니다. 하나 저는 협을 보는 눈은 있습니다."

"호오, 그래? 무엇을 보았기에?"

노도사는 몸을 기울이며 관심을 가졌다.

"노동자로 있던 슬럼에서 세계 각국에서 온 자원봉사자들을 접할 기회가 있었습니다. 그들은 자신들의 소중한 시간과 재주를 어려움에 처한 중국인들을 돕는 데 사용하고 있었습니다. 중국인이 돕지 않는 중국인들을요."

"호오."

"제 눈엔 그들의 행동은 분명 협이었습니다."

"옳다. 정확히 보았다. 게다가 그들의 행동은 정의롭기까지 하다. 옛 중국인이 규정한 협의 범주를 넘어섰다."

자미선인은 고개를 끄덕이며 무릎을 손으로 치며 만족했다.

"저게 협이다! 그런 생각을 하던 차에 불한당들이 스스로를 협사라 자청하니… 참을 수 없었습니다."

"그럼 너의 당시 그 행동은 협이더냐?"

"…아니요. 돌이켜 생각하니 전부 제 만족을 위해 나선 것이었습니다."

"과연 그럴까?"

"동료 노동자들이 저를 불한당을 몰아낸 새로운 불한당으로 여긴 게 그 증거 아닐까요?"

"그들은 협을 알지도 못하고 보고도 본 적이 없기 때문이다. 자책할 필요 없다."

"그래도……"

사실 종주로선 당시 동료들의 행동에 더 충격을 받았다.

왜 나선 거지? 전혀 이해 못하는 무심한 눈들.

상납금을 모아 건넬 당시의 비굴한 눈들.

"중국엔 애국자는 많아도 의인이 적음을 알아야 한다."

"왜 그렇습니까?"

"노예에게 어떤 자부심이 있어 협을 행하고 자식에게 의를 가르치겠냐?"

"……."

"자유인의 자부심만이 의를 바탕으로 협을 행할 수 있다."

"그럼 저는 자유인입니까?"

"아니다. 너와 나는 자유인이 아니다. 아니 될 수가 없다."

"왜 그렀습니까?"

"네 이웃에 노예가 있다면 네가 누리는 자유가 온전할 리 없다. 언제든지 노예가 될 수 있기에… 너는 자유인이 아니다."

"……."

사실이다. 스승과 자신이 이 자리에 있음이 이를 증명하고 있음이다.

스승은 한걸음 더 나아갔다.

스승의 눈은 부적같이 붙어 있는 옛 후배의 사진을 담고 있다.

"그리고… 폭군과 노예는 같은 사람이다. 이것이 지금까지 나의 깨달음이다."

"……!"

거창한 이적을 일으킬 능력이나 이를 가능케 하는 비밀을 노도사는 알고 있지 않다. 단지 자유인의 삶을 추구하는 한 인간일 뿐이다.

그렇게 스승의 가르침은 분명했다.

스스로 자유인이 아니라고 말했지만 자유인으로서 말하고 있음을.

자유인, 스스로의 주인이 된 사람.

종주는 늘 자신에게 바랐다, 스스로의 주인으로 살기를.

스스로의 주인으로 사는 것이야말로 바로 자유인의 삶!

종주의 입가에 가는 미소가 걸렸다.

자유인의 삶을 이해했음이라.

"잘 컸구나. 아주 잘 컸어. 좋아. 아주 좋아."

노도사의 웃음엔 미련 없는 홀가분함으로 충만했다.

자유인의 삶을 보는 눈을 가진 제자를 둔 것으로 그는 대만족이었다.

"청년은 늙어 도를 찾아 화산을 나서고, 소년은 청년이 되어 도를 찾아 화산에 오르는구나. 허허허."

*   *   *

종주는 오랜만에 스승의 머리를 빗겼다. 스승이 예전에 자신의 머리를 비졌듯이.

회의장의 사람들이 고까운 시선을 보냈지만 이 두 사람에겐 아무런 의미조차 되지 못했다.

"스승님, 결승전을 꼭 봐주십시오."

"한국은 참전하지 않을지 모른다던데?"

"아니, 어디서 그런 말을 들으셨습니까?"

"저기 모여 있는 도박꾼들이 그러더군. 판이 깨질지 모른다며 어찌나 떠들던지……."

"……."

"호오, 한국이 참전하는구나?"

"보이콧은 없습니다. 가상인라면 발이 부러져도 참전할 것입니다. 그런 이들이 가상인입니다."

노도사는 가상사회를 알지 못한다. 가상인도 알지 못한다.

"가상인들이라… 거창하게 도인을 정의하는 것처럼 특별하게 들리는구나."

"그런 의미완 다릅니다. 모험에 목마른 사람들이죠. 특히 말도 안 되는 상대에 대한 도전을 즐기는 자들이라 할까요."

"네가 그 말도 안 되는 상대고?"

"…중국이겠죠."

"아무튼 우리가 악역이라 이거군."

"악역다운 악역이 될 겁니다."

제자의 열망 가득한 각오에 노도사는 그저 고개를 끄덕였
다.

제자의 열기는 허무한 승부욕이 아니었다.

속세에서의 삶을 이것으로 마무리하겠다는 열망이 아닐
까? 그렇게 짐작할 따름이다.

아니면 자신에게 무언가 보여주고 싶은 게 있음일지도.

덧없고 덧없음일지라도 그저 제자가 속세에서의 인연을
아름답게 정리하길 바랄 뿐이었다.

노도사는 제자의 따듯한 손길을 느끼며 조용히 눈을 감았
다.

機甲戰記
Massacre
기갑전기 매서커

중국 국제도시 항주의 전통 다루. 거리가 내려다보이는 특실에 한 무리의 선남선녀가 자리하고 있다.

거리의 환호 속에서도 전체적인 분위기는 폭우가 내리기 전 하늘같이 꾸리하다.

누가 먼저 입을 열 것인가를 놓고 서로 눈치 아닌 눈치를 보고 있었다.

침묵이 길어지자 누군가 탁자를 치고 일어났다.

시선을 모은 인물은 대머리에, 귀엔 아이 손가락 굵기의 구리 고리가 둥글게 말려 있고, 장난처럼 이마 정중앙에 붉은 계인을 새긴 인물이다.

“한국이 참전하지 않을지도 모른다고? 개 방구 뀌는 소리!
속으면 안 돼!”

그의 체구는 농구선수처럼 당당했고, 맨 팔뚝이 보이는 열
어젖힌 조끼 사이로 각진 가슴 근육이 고스란히 드러났다.

사천왕상이 연상되는 퉁방울눈에선 주변을 압도하는 위압
적인 분위기가 물씬 풍겼다.

“헤헤, 대형, 그러게 말입니다. 노야들이 몰라도 너무 몰라
요. 그래도 열을 식히시고…… . 자자! 와, 덥다!”

같은 대머리 계인에 땅딸한 체형의 인물이 거한의 비위를
맞추며 당겨 앉더니 우산 같은 부채를 펼쳐 대머리 거한의 뒤
에서 과장되게 열심히 바람을 일으켰다. 살에 덮인 실 같은
눈은 쥐처럼 좌우로 반들거리며 주위의 반응을 살피기에 여
념없었다.

“게이머를 모르니 속보이는 블러핑에 놀아날밖에.”

무협 사극에나 나올 법한 백색 장포에 허리까지 내려오는
장발의 인물이 탁자에 올린 다리를 당겼다 놓았다 하면서 앉
은 의자를 요람처럼 흔들며 시큰둥한 투로 말을 받았다. 나무
바닥에 삐걱거리는 소리가 나지 않는 것이 신기한 재주가 아
닐 수 없다.

미남은 아니지만 반듯한 얼굴 가득 조소와 장난기로 넘쳐
났다.

그렇게 몸 전체에 풍기는 느긋함은 그림처럼 어울렸다.

"이봐, 다들 언제까지 떼 싸움에 들러리를 설 거지? 이런 상태라면 난 기권이야. 가상인으로서 수치야. 아니, 협객으로서 수치라고."

다탁에서 벗어나 벽면에 모로 기대선 인물이 감정이 결여된 톤으로 입을 열었다.

그 역시 무협 사극에 나올 법한 기운 자국이 뚜렷한 누런 면포에 짧게 자른 머리가 그림처럼 어울리는 인물로 반항적인 분위기를 노골적으로 흘리고 있었다.

"헤헤, 동상. 동상이 빠지면 겁나게 섭섭하지라. 동상, 기다리는 김에 조금만 더 기다리지라. 헤헤."

말이 끝나기가 무섭게 대머리 실눈이 누런 면포 사내를 향해 부채 바람을 호들갑스럽게 만들어 흔들어댔다.

"훗. 어이, 거기 협객! 무술학원에서 수련한 약팔이 광대 주제에 자부심 과잉 아냐?!"

창가에서 흘러나온 비웃음이었다.

기다란 담뱃대를 문 붉은색 파짜오 차림의 여인이 벽에 기대선 인물에게 노골적으로 도발을 걸었다.

창가에 기대선 그녀의 복장은 이 자리에 자리한 인물 가운데 가장 파격에 가까울 정도로 아찔하다.

아담한 키, 좁은 어깨에 노골적으로 드러내 놓은 도발적인 가슴 굴곡, 허벅지 선 끝까지 터져 드러난 하얀 각선미, 양 갈래 묶음 머리에, 붉은 입술 화장에, 코끝에 작은 검은 점까지 요염한 모란화 그 자체였다.

나름 도발을 걸었지만 단발머리의 사내는 고개를 돌려 외면할 뿐이었다. 모아진 시선에 마지못해 낮게 중얼거릴 뿐이었다.

"…협객은 여자와 어린아이는 상대하지 않는다."

"익─"

여인이 발끈하려 하자 이번에도 대머리실눈이 나섰다.

"아아, 저런 자의식이라도 있어야 진정한 가상인이지라. 누님께서 잠시 우리가 여기에 모인 목적과 이유를 생각하셔서… 릴렉스, 릴렉스. 하이구, 눈가에 주름 잡힌다, 주름이. 릴렉스, 릴렉스. 컴 다운."

부채를 있는 힘껏 창가의 여인을 향해 흔들어댔다.

"흥."

발작하려던 여인은 반복되는 주름이라는 단어에 멈칫하며 곧추세우던 허리를 창가에 다시 나른하게 기댔다.

그리고 눈가를 잡힌 주름을 피려는지 사람 홀리는 화사한 미소를 만들어 보였다.

이 대상이 없는 미소에 남성들의 얼굴이 귀까지 붉어졌다.

"험."

"험."

손을 올려 헛기침을 토했다.

이렇게 톡톡 튀는 4남 1녀 외에 전통 복장을 현대적으로 개

조한 캐주얼 차림의 인물들로 3남 2녀가 더 있었지만 하고 싶은 말들을 이미 다른 인물들이 했다고 생각했는지 그저 쓰게 웃으며 찻잔에 입을 축일 뿐이었다.

이것이 전통 다루에 자리한 10인, 7남 3녀의 면면이다.

이들은?

그렇다. 이들이 중국 가상 사회를 이끌고 있는 리더들이었다.

대부분이 무술학원과 전통기예학원 출신자들로 그들 간에 묘한 알력 관계가 형성된 배경이었다.

네다섯 살 때부터 부모와 떨어져 무예와 기예를 갈고닦은 그들이기에 자신이 섭렵한 기예와 무예에 대해 자부심이 대단하다.

대머리 사형제처럼 소림사가 전세계적으로 프랜차이즈 한 소림 무술학원 출신자부터 소림사를 좇아 무술학원 사업에 열을 올리기 시작한 무당파까지 현재 중국 대륙엔 정체불명의 무술학원이 우후죽순 생겨나 성업 중이었다.

도가와 불가의 순수한 공부 터가 경솔한 이야기꾼들의 이야기에 침몰되어 문파가 만들어졌으니 그 대표적인 예가 중국 대륙에서 티벳 불교 성지인 오대산에 기어이 오대파를 만들고 만 사건이었다.

그렇게 프랜차이즈화 된 무술학원을 따라 수강생들은 스스로를 소림파니 무당파로 규정해 부르길 주저하지 않았다.

21세기 학원 무림이 열린 것이라.

수많은 사이비가 활개를 칠수록 전통의 정수를 이은 자들이 빛이 나는 법.

이곳에 자리한 이들 모두 수백 년 이어져 온 전통의 정수를 이은 자들임에는 확실했다.

공히 각파 정수의 계승자로 공표된 이들이기도 했다.

그것이 기예와 무예의 차이일 뿐이다.

누구나 짐작하듯 이들이 가상 사회와는 거리가 멀 것 같지만 E&T 이전 수많은 중국 가상 게임을 하이엔드로 이미 섭렵했다.

현실에서 갈고닦은 무예와 기예는 가상에서 충분히 그 진가를 발휘하였던 것이다.

일례로 '용을 탄 판다가 승천을 한다'라는 문구로 무슨 스킬이 만들어 질 것 같으냐마는 이들은 그 나름의 해석을 가미해 스킬 이펙트를 척척 만들어냈다.

큰 동작 하나에 용이 그려졌고, 작은 손끝 하나에 판다가 만들어지더니 모든 동작의 연결 끝에 용을 타고 하늘을 누비는 판다가 나타났다.

중국 전통 무예와 기예가 수많은 형이상학적 은유에 기반을 두고 있기에 가능하다고 둘러댔지만… 다 뻥이다.

의미를 알 수 없는 수많은 복합 동작의 연속을 물 흐르듯 해내는 육체적인 능력에 기인한 것이었다.

동작 감지기가 의미불명의 동작에 유의미한 스킬로 보답한 셈.

그저 그런 식으로 해석하면 되는 것이었으니 얼굴 두꺼운 이들로 인해 중국 가상 게임은 찬란한 빛을 발휘했다.

그렇게 중국 특색주의 가상 게임이 만들어지고 흥행에 성공했다.

외래 가상 게임은 중국에 발을 붙이지 못하고 흥행에 참패하며 사라져야만 했다.

물론 그런 게임 중에 E&T도 있었다.

하나 E&T는 공짜였고 세계관 역시 현지 유저들이 만들어 나가는 것이기에 판타지의 기사는 무협의 협객으로, 영지는 문파 직영지로 현지화 되어 중국 시장에 엉덩이를 들이밀 수 있었다.

여하튼 중국 가상 게임은 문파 간의 각축과 문파를 근간으로 하는 파벌전이 핵심 즐길 거리였으니, 분열을 조장한다며 중국 정부는 입맛에 맞지 않아했다. 물론 속으로는 입맛에 맞았지만 말이다.

글로벌 E&T는 국가 대항전이 준비되고 있음을 제일 먼저 알려주었다.

다분히 국부 펀드의 투자를 의식한 조치였다.

세계적 흥행 성적이 있었기에 3개의 중국은 국부 펀드의 투자 전에 E&T의 가능성을 점검코자 중국 가상 게임의 달인들을 선택해 중국 E&T에 투입했다.

중국 가상 사회는 그 이전 정보사회에서처럼 절대 익명성이 보장 받을 수 없는 공간이다. 중국 정부가 마음만 먹으면 개인 유저의 차출은 물론 압력 행사도 가능했다.

로그인, 로그아웃 권한 자체를 중국 정부가 쥐고 있기에.

게다가 문파 활동 자금 중 일부를 가상 게임을 통해 충당했기에 문파의 향후 활동을 위해 정부의 요청에 응해야 했다.

여기 모인 이들이 그 선택받은 존재들.

그렇게 이들은 중국 E&T에 접속했다.

E&T에 대한 악평을 그들을 투입한 정부에 토해냈다.

그들로서는 E&T 시스템 자체가 적응 불가한 영역이었다.

자신들이 십수 년을 갈고닦은 형이상학적인 동작들이 '뻘짓거리' 로 취급당해서였다.

게다가 동화율에 이중 동화율까지 등장하니 절대 이해불가의 E&T인 것이다.

내단도 없고 비급도 없었으니 '내공이 그리운 시절' 이라고 부르는 시기였다.

그러던 중 하나둘 동화율을 이해하는 기인들이 등장하기 시작했다.

동화율을 실은 주먹 한 방에 바위를 으스러뜨리는 사건은 이들이 E&T를 다시 돌아보는 계기가 되었다.

자신들의 화려한 동작에서 용과 호랑이가 만들어지지 않

았지만 더 현실적인 뭔가가 있음이 느껴졌던 것이다.

그리고… 불현듯 찾아온 깨달음!

무술 동작의 숨은 진가를 깨우치는 계기가 되었다.

그렇다. 그 이전 자신들의 무술은 무술이 아니라 무용이었다.

그리고 더 이상 무용을 할 필요가 없다.

곧 유파의 정수를 이은 자신들에게 E&T는 천국으로 화했다. 이어 E&T에서 군림하는 존재로 자신들이 자리 잡았다.

강철거인의 등장은 납득하기 어려운 즐길 거리 중 하나였지만 우월한 동화율로 적응해 버렸다.

그리고 국가 대항전이 열렸고, 엉터리 집행위원이 있어도 승승장구하며 8강까지 올라왔다.

E&T에 대한 평가는 세계적인 동참으로 지난 이야기가 되어버렸다.

그 덕에 순수한 가상인으로서 E&T를 즐기게 되었다.

한데 자신들의 자존심을 집행부가 건드렸으니 바로 미국전에서 보여준, 아무리 같은 중국인이라도 납득할 수 없는 '물량'인 것이다.

당시 자신들의 적정 전력은 6천 5백기가 최대였다.

그 전력으로도 자신들은 미국에 자신있었다.

국가 대항전을 거치며 수많은 전용 스킬과 단체 스킬이 생겨났고, 이를 이용한 다양한 전법과 진법이 차곡차곡 준비되어 있었기에.

특히 '진법'이라는 개념은 중국 특유의 개념이 아니던가.

단순한 열과 오의 배치가 아니었다.

그 안에 수많은 변화와 변칙이 절묘하게 숨겨져 있다.

이를 기반으로 한 집단 스킬과 단체 스킬을 실험할 절호의 기회였다.

한데 뜬금없는 물량이 등장해 이 물량을 보조하는 역할이 주어졌다.

그렇다. 이겨도 개운치가 않다.

실제 '중국이 만리장성을 움직여 이겼다'는 전세계 유저들의 조롱을 받고 있다.

그리고 결승전을 임하는 한국의 태도.

한국의 가상 사회가 중국의 가상 사회를 어떻게 바라보는지 잘 알고 있다.

황당하리라. 황당한 게 당연하다.

그렇게 보이콧이라는 꼬장 아닌 꼬장이 이해는 되지만 마치 자신들을 모욕하는 것 같아 견딜 수가 없는 게 현실이다.

이해는 하지만 조롱은 용납할 수 없다.

자신들은 바로 '용의 후예' 이기에.

하나 답답할 뿐이다.

한국의 보이콧은 거짓이다.

그러기에 그 어떤 거래도 할 필요가 없다고 알려주고 싶다.

하나 통하지 않는다. 그저 몇 월 며칠 방도들을 이끌고 집결하라는 통지만 있을 뿐이다.

통합집행부에 그 어떤 의견도 개진할 수 없는 자신들의 처지에 분통이 났다. 장기판의 졸과 다를 바 없잖은가.

보이콧 사태를 잘 알아보지 않고 호들갑 떨고 있는 것 같아 더욱 분통이 터질 뿐이다.

게다가 이때까지의 배치와 전술을 보면 자신들의 바람과는 거리가 멀다.

"천마(天魔) 매서커를 상대할 기회를 집행부 때문에 놓쳐야 하다니, 으득."

구리 귀고리 대머리청년이 이를 갈았다.

한국의 가상인 매서커는 중국 가상인들 사이에서 천마로 통하고 있다.

누가 무어라 토를 달아도 그만이 진정한 천마였다.

그렇기에 이들은 생각하고 있다.

이 하늘이 토해낸 악마를 처단할 운명이 자신에게 주어졌다고.

자신이 진정한 용의 후예임을 증명할 대상으로 매서커만한 상대가 없다.

유일무이한 존재!

그런 그를 당당히 꺾어야만 '지존' 이라는 궁극의 타이틀을 쟁취할 수 있음이다.

이들에겐 E&T가 정한 랭킹은 의미없다.

이미 중국 유저 가운데 랭커들과 겨루어보고 난 다음 내린 결론이다.

랭커들을 자신들과 비교하는 것은 모욕이다.

지존좌를 노리는 선남선녀의 울분은 쌓여만 갔고, 하루 종일 데워진 공기가 대기 중으로 올라 빗줄기로 화해 다루를 사이에 둔 거리에 쏟아져 내렸다.

갑작스런 빗줄기에 놀란 후끈한 공기가 우격다짐 식으로 밀려들어 왔다.

"허차—!"

"허차!"

다루의 선남선녀들은 차를 권하며 서로의 울적함을 달랠 뿐이었다.

*　　*　　*

습기를 머금은 나른한 공기가 다루를 데웠다.

자신들의 처지에 대한 미묘한 혐오, 무력감, 쓸쓸함을 가중시키는 가운데 상반되는 그림이 선동적인 앵커의 목소리와 함께 흘러나오고 있었다.

전통찻집 한 면을 차지한 대형 단말기를 통해 중국과 미국이 치른 4강전 그림이 하이라이트로 보여지고 있었다.

그림 하단에 지렁이처럼 지나가는 선전 문구에 모두 기함을 토해야 했다.

"풋, 움직이는 만리장성……."

"얼씨구—!"

"지랄을 해라, 지랄을."

중국이 미국을 상대로 만리장성을 움직였다는 해외 네티즌의 비아냥거림이 '통합중국의 저력에 세계인들이 경탄했다' 는 식으로 둔갑해 선전 수단으로 화했기에.

다들 입에 머금은 찻물을 뿜을 태세다.

백포청년이 의자를 밀었다 당겨 요람처럼 흔들며 시를 읊듯이 압운을 넣어 말했다.

"선각자 노신이 말했지. '중국에서 익살스러움을 찾으려면 재미있는 문장을 보아선 안 되고 엄숙한 일을 보아야 한다' 고. '단, 반드시 생각해서 보아야 한다' 라며.. 후후후, 보라고?! 수치를 자랑 삼으니……."

백의청년의 말에 다들 쓰게 웃는 것으로 공감을 표했다.

노신의 말을 인용한 것은 별로 머릿속에 들어오지 않았지만 '수치를 자랑으로 여긴다' 는 말은 주입된 자부심을 흔들기에 충분했다.

중국의 유구한 역사와 광대한 문화에 감사하도록 오래도록 교육 받았지만 스스로 중국인으로 살면서 인간의 존엄을 누릴 수 없다는 사실을 알수록 속았다는 자괴심으로 바뀔 뿐이다.

세상의 중심은 중국이 아니다. 세계 각국이 중심인 세상이다.

그런 이야기를 공공연하게 못해 병에 걸릴 지경이기도.

필부도 국가 지도자가 될 수 있는 민주사회에의 동경은 그저 식자층만의 이야기가 아니었다. 20만을 죽여 20년의 평안을 구한다는 생각을 가진 자들이 자신들의 국가 지도자들이기에.

보이콧에 관한 보도는 나오지 않고 있었다.

뭔가 조치를 취한 것이리라.

"좋아, 말 나온 김에 다들 밝혀보지? 다들 어떤 조건으로 국가 대항전에 참전하고 있는 거지?"

냉소적인 백포청년의 눈이 제일 먼저 우락부락 대머리청년에게 향했다.

"…우리 소림은 국가가 지도하는 사업에 늘 적극 협력했다. 이번도 마찬가지야."

"개방귀 뀌는 소리!"

"뭐?! 이 자식이!"

버럭 일어났지만 대머리 청년은 달려들지는 않았다.

"후후, 좋아. 나부터 이야기하지. 우리 무당파는 윗분들이 어떤 거래를 주고받았는지는 알 바 아냐. 서로 비호하고 비호받는 사이니까. 여하튼 내 몫이 중요하지."

“……?”

뭔가 노골적인 이야기가 나올 것 같기에 주변을 둘러보는 이들이 있었다.

자신들은 국가에서 관리 받고 있는 존재들이다.

“후후, 나는 캐나다 비자를 받기로 했어.”

“……!”

백포청년은 소매 자락 안에서 비자 사증을 꺼내 흔들어 모두에게 보여주었다.

“돈? 필요없어! 노예처럼 사느니 단 하루를 살아도 자유민으로 살겠어. 이게 내가 요구한 조건이고 오늘 이렇게 비자가 나왔지.”

그의 노골적인 말이 끝나기가 무섭게 몇몇이 씁쓸하게 웃으며 비자 사증을 꺼내 흔들어 보였다.

“나는 호주.”

“저는 미국입니다. 친척이 있어요.”

대부분이 차이나타운이 발달한 영미 민주국가의 비자였다.

모두의 시선이 겸연쩍은 미소를 흘리는 구리 귀고리 청년에게 쏠렸다.

대머리 청년은 콧바람을 쿵쿵 일으키며 천천히 사증을 꺼내 들었다.

“…어디까지나 이는 소림의 해외 프랜차이즈 홍보를 위해서다."

백의청년이 고개를 끄덕였다.

모인 이들 중 누구 하나 예외는 없었다.

"그러시겠지. 다들 그런저런 이유로 노에 삶을 청산하려는 거니까. 자, 그럼 다들 나름 홀가분한 상태가 되신 건가?"

백의청년의 질문에 모두 고개를 끄덕이는 것으로 대답을 대신했다.

"나는 무도인이기 이전에 가상인이야. 중국의 영광을 위해서가 아니라, 나를 위해서 한국의 가상인들을 그냥 두고 볼 수 없어."

다들 수긍하며 고개를 끄덕였다.

"좋아, 다들 생각이 비슷하군."

"오만방자한 한국의 유저들을 이번 기회에 확실하게 짓이겨 버리고 말겠어."

오—!

짧은 환호가 터져 나왔다.

"그러려면 우리 앞을 가리고 있는 요원들로 이루어진 부대의 배치가 걸림돌이야."

부대의 배치를 바꾸려 함이다.

이는 이곳에서 의논할 이야기가 아닐뿐더러 나와서도 안되는 소재다.

싸한 정적이 흘렀다.

백의청년은 살집 푸짐한 대머리청년을 의도적으로 노려보았다.

"…저, 그러다가 대야들의 눈 밖에 나면 좋을 게 없습니다."

큰 부채를 들고 호들갑 떨던 대머리가 주저하는 투로 말을 받았다.

그는 여기에 모인 인물 중 비자를 꺼내 들지 않은 유일한 인물이기도 했다.

노야는 각파의 어른들을, 대야는 통합지도부의 관리들을 말했다.

"후후, 소림의 등펑. 네가 대야들의 눈과 귀라는 것은 다 알고 있어. 아마 공산당에 정식으로 입당했겠지."

"……."

"상관없어. 우린 대야들이 우려하는 비밀결사 같은 게 아니잖아. 우리가 하려는 일은 대야들이 마련한 전략에 방해되는 게 아냐. 그저 가상인으로서의 체면을 약간 세우기 위한 전술을 의논하려는 것뿐이야."

"그, 그래도… 그분들 모르게 진행되는 계획은… 반동입니다."

"워워, 큰일 낼 소리 한다. 그래서 등펑 네가 있는 거잖아."

"예?"

"한국의 매서커들을 상대할 전담 팀이 있어야 하는 건

맞지?"

"…예."

"그걸 우리가 하겠다 이거야."

"대야들은 가파가 고르게 흩어져 각 부대를 지휘해 주시길 원하십니다. …미국전에서처럼요."

"알아. 하지만 각파에 우리만 있는 게 아니잖아. 지휘는 다른 이들이 할 수 있어."

"하지만……."

"등펑, 결승전을 미국전처럼 그렇게 끝내고 싶은 거야? 저 그림을 보라고. 하이라이트를 아무리 편집해도 1분이 넘지 않고 있어. 이건 아니잖아."

"……"

확실히 볼거리는 빈약했다.

깔리고 깔아뭉개는 그림의 반복이다.

"그러니까 매서커들을 견제할 별동대를 만들 수 있도록 등펑이 대야들을 설득해야지. 이젠 어엿한 당원이잖아. 지긋지긋한 우리도 다 떠나는 마당에 힘 좀 써봐. 응?"

꽤나 은근하게 등펑을 설득하는 백포청년이었다.

그러면서 눈으론 꾸준하게 구리 귀고리 청년에게 신호를 보냈다.

등펑이 주저주저하자 대머리청년이 낮게 깐 목소리로 나섰다.

"…사제, 네가 대야들을 설득 안 한다면……."

"예? 사형?"

"나, 안 떠난다."

"헉!"

등펑은 순간 움찔하며 물러났다.

하나 곧 사형의 긴 팔에 붙들려 당겨졌다.

"으으……."

그로선 떡대 사형의 그늘은 벗어나고픈 그늘이 아닐 수 없기에.

거한이 사고를 치면 자신이 수습해야 했다.

그것이 문파 어르신들의 지상명령이었다.

거한은 분명 소림 무술의 천재다. 그러기에 막나갔다.

경찰 특수부대의 파견 조교를 자처하더니 일개 중대를 짓이겨 놓고, 군 특수부대 조교를 지원하는 걸 간신히 말릴 수 있었다.

타고난 폭력성을 터뜨릴 공간을 찾지 못하는 골칫거리가 바로 이 구리귀고리의 거한청년이었다.

그런 그를 가상 세계의 폭력의 장으로 인도한 것은 등펑 최고의 업적이기도 했다.

그렇게 등펑에겐 사형인 거한을 다루는 나름의 기술이 있다.

바로 사형보다 센 인물을 알려주는 식.

사실 이중에서 중국에서 대접받고 무신경으로 살 위인이 있다면 바로 소림의 거한청년이리라.

그런 그를 외국에 나가도록 바람을 넣은 건 바로 자신이었다.

'거한들의 나라에 가 대륙의 기상을 떨쳐야 하지 않겠냐고.'

구리 귀고리 거한은 사제의 술수를 오래전에 파악하고 있었다.

"사제, 내 상대는 천마 매서커야. 만약 내가 그와 겨룰 수 없다면 나는 중국을, 아니, 사제 곁을 절대 떠나지 않을 거야."

"으, 으헉!"

등펑의 포동포동한 어깨에 거한의 손가락이 파고들어 왔다.

철근도 구부리는 사형의 악력(握力)이 느껴졌다.

등펑은 순간적인 압박에 눈물이 짤끔 나왔다.

사형은 진심이었다.

"…아, 알겠습니다. 별동대 조직을 건의하겠습니다. 하지만 대야들이 받아들일지에 대해서는 장담할 수 없습니다."

"좋구먼. 네가 필사적으로 아부하면 되잖아."

"음."

등펑은 식은땀을 닦으며 사형의 곁에서 물러났다.

커다란 부채를 자신을 향해 경망스럽게 부쳐 댔다.

자신은 보고하는 입장이지 건의하는 입장이 아니기에.

하나 이만 기가 넘는 강철 대오 속에 또 다른 별동대가 있다고 누가 따로 보고하겠는가.

그냥 지금 있었던 대화나 소재를 알리지만 않으면 되는 것이다.

등펑은 협박에 굴복하기로 했다.

자신이 참견하든 하지 않든 승부의 결과는 달라지지 않으리라는 판단이 섰다.

등펑의 풀 죽은 모습에 대머리거한과 백의청년은 의미심장한 미소를 나누었다.

마찬가지로 다탁을 사이에 둔 인물들이 가는 미소를 서로 나누었다.

고자질쟁이의 입을 확실하게 잠갔기에.

機甲戰記
Massacre
기갑전기 매서커

분위기는 좋다.

"자, 그럼 이제부터 별동대 전력 좀 꾸려봅시다."

"소림은 나를 포함한 4대금강에 18동인, 그리고 백팔나한이 참여할 것이네."

"한 분 한 분이 하이엔드 유저인 관록의 소림 백팔나한이 별동대에 참가하신다니 든든합니다."

"단, 조건이 있어."

"뭐든지."

"우리 4대금강이 제일 먼저 천마 매서커에게 도전해야겠어. 백팔나한의 별동대 참전 조건이야."

“어허, 이거 난감하네. 천마는 우리 무당의 오행검수 몫으로 알고 있는데……."

“무슨 소리! 매서커는 우리 청산의 몫이요!”

발끈하는 목소리가 다루에 난무했다.

각파 모두 매서커를 꺾고 싶어했다.

그의 목에 지존의 타이틀이 걸려 있기에.

각파의 이름을 중국은 물론 전세계에 알릴 수 있는 선전 도구로 여기고 있음이다.

그렇게 조용하던 다루는 순식간에 왁자지껄한 시장통으로 돌변했다.

개세마두를 잡으려는 영웅들의 기상이 나름 충만했다.

그때였다.

다루 안으로 검은 차이니즈 셔츠 차림의 미청년이 들어왔다.

두 손을 모아 흔들며 모두에게 인사를 했다.

“늦었습니다, 형제들—"

자미의 종주였다.

그의 등장에 반색하는 인물이 있었으니 파짜오 차림의 여인이었다.

“종주 동생, 왜 이제 나타나? 기다렸잖아.”

총총거리는 걸음으로 다가간 여인이 종주에게 안겼다.

종주의 얼굴은 빨갛게 익으며 여인을 살짝 밀어냈다.

“누님의 호의는 제게 늘 과분하군요.”

“아잉― 아무튼 지금부턴 이 누님 곁에서 멀어지지 말아요.”

“그러죠.”

의외로 선선한 종주의 반응에 파짜오 차림의 여인이 고개를 갸웃거렸다.

사람들과 거리를 두려던 종주가 아니던가.

늘 화난 사람으로 보이는 인물이 종주이다.

게다가 지금은 평소 느껴지던, 말 붙이기 어렵게 만드는 매서운 느낌이 들지 않고 있다.

그런 다른 사람 같은 느낌에 여인은 종주의 눈을 바라보았다.

눈은 깊어져 있고 그 안은 한 번도 본 적 없는 따듯함으로 채워져 있다.

순간 볼이 달아올랐다. 그리고 왠지 더 멀리 가버렸다는 아쉬움이 가슴깊이 자리했다.

“음, 음…….”

돌변한 분위기에 평소와 같은 노골적인 유혹의 말을 이을 수 없다.

그런 종주의 분위기에 백포청년은 까딱거리던 의자를 얌전히 붙였고, 사제 등평을 헤드록으로 괴롭히던 소림의 거한 역시 장난을 멈추었다.

벽에 기댄 황포청년 역시 숙인 고개를 들었다.

그렇게 종주는 모두에게 하루만에 딴 나라 사람처럼 다가왔다.

"…출가를 결심했군요."

백의청년의 말에 종주는 고개를 조용히 끄덕였다.

"아!"

그 뒤로 파짜오의 여인이 제자리에 무너지듯 주저앉았다

종주는 유일하게 무당파 백의청년의 지지를 받았을 뿐 다들 돌연변이 취급이었다.

파짜오 차림의 여인, 옌징징의 홀쩍거림이 잦아들어서야 별동대에 관한 이야기가 진행될 수 있었다.

종주는 별동대에서 화산파의 역할을 주장하지 않았다.

오히려 기존 별동대가 원만하게 돌아갈 수 있도록 지원하는 역할을 자임했다.

패기없는 모습으로 비칠 수 있지만 누구도 그런 말을 감히 꺼낼 수 없었다.

문제는 소림의 거한이었다.

그는 종주를 보며 뜬금없이 으르렁거렸다.

강한 상대에 대한 동물적인 끌림 때문이었다.

그렇게 그는 우슈 산타(散打) 비무를 거듭 종주에게 강요했다.

"여, 눈썹, 한판 뜨자니까?! 앙?!"

막무가내 시비다.

그런 사형을 등펑은 말리지 않았다.

그는 종주를 의심의 눈으로 바라보고 있다.

다들 나서는 분위기에 뒤에 남아 다른 이들을 거들겠다는 말의 의중을 따지는 것이리라.

게다가 출가를 하다니……. 용의 후예로 추앙받고 있는 존재가 할 일은 분명 아니다.

여하튼 떼쓰는 식의 거한의 종용으로 이야기가 진행될 리 없다.

"앙?! 그 눈썹, 확 밀기 전에 한판 붙자니까."

"휴―"

종주는 한숨을 길게 내뱉고는 앉은 자리에서 다탁 위로 소리없이 튀어 올라 착지했다.

다탁의 흔들림은 없었다.

고양이과 동물의 감각적인 움직임이 이럴까.

그 의미를 깨달은 백의청년이 자신의 찻잔을 급히 챙기며 물러났다. 그러자 다른 이들도 찻잔을 챙기며 다탁에서 물러나 주위를 비웠다.

종주는 손바닥을 향한 상태에서 거한을 향해 두 번 까닥였다.

"다탁에서 떨어지면 지는 겁니다. 아시죠?"

익히 아는 강호의 겨룸이다, 그 나름 사람이 상하지 않는.

"…오, 좋았어."

거한은 퉁방울눈을 기대로 번뜩이며 앉은 자리에서 풀쩍 튀어 올랐다.

거한이 올라왔음에도 다탁의 흔들림은 없었다.

"오—!!"

탄성이 절로 나왔다.

구리 귀걸이 거한의 이름은 보과과다.

타고난 싸움꾼, 중국 우슈 산타 챔피언을 16살부터 10년간 놓치지 않은 중국 청년들의 우상적인 존재!

그에 비해 종주는 단연코 무명이다.

화산을 대표해 이 자리에 있지만 화산에 무예가 있다고 생각하는 사람은 아무도 없다.

다들 중국 여러 유파의 짜깁기 정도로 파악하고 있다.

그런 두 사람이 다탁 위의 대치에 든 것이다.

종주와 보과과가 다탁 모서리를 따라 돌며 서로의 체중과 기세를 견주었다.

이 원형 다탁의 지름은 3미터. 둘 다 발끝으로 디디며 상대에게 거짓 정보를 보냈다.

둘의 눈은 서로를 향할 뿐이다.

동물을 연상시키는 동작을 보과과 만들며 공격을 가다듬는 반면 종주는 손 하나를 거한을 향한 채로 열어놓고 다른 손은 허리춤 뒤로 돌린 여유로운 자세를 유지했다.

다탁 위를 그렇게 서로 견주며 그들은 세 바퀴를 돌았다.

눈과 눈이 교차했다. 깊은 눈과 깊은 눈. 맹렬한 투기와 부드러운 온기가 대비되었다.

공통적인 것은 한 치의 의심도 없다는 것.

"으압—!"

거한의 기합이 터지며 탁자를 가로질러 건너왔다.

긴 팔, 긴 다리를 이용한 다양한 각도의 공격이 파상적으로 퍼부어졌다. 모두 한 흐름이었다.

타탁, 투다다닥—!

규칙적인 소리가 울리며 거한의 공격은 종주에 의해 차곡차곡 와해되었다.

팔의 공격은 발을 들어, 다리의 내지름은 팔뚝을 치는 식으로 너무도 쉽게 공격의 압력을 해소시켜 나갔다.

다탁은 종주 쪽으로 급격히 기울어져 내렸다.

종주는 모서리를 누르는 식으로 반대편으로 이동해 무너져 내리는 균형을 절묘하게 잡았다.

"……."

모두 놀란 눈으로 다탁 위의 두 사람을 주시했다.

격이 달랐다.

둘은 한 파를 대표하는 인재다웠다.

무엇보다도 보과과의 눈이 기쁨으로 들떴다.

상대의 실력이 이 정도일 줄은 몰랐다. 이전부터 동물적으로 상대가 강하다는 것을 느끼고 있었다.

하나 도전할 정도는 아니었다.

이들 중 자신의 상대는 무당의 백의청년이 유일하다고 여기고 있었다. 하나 갑자기 돌변한 분위기로 나타난 종주에게서 부인하고픈 아득한 거리감이 느껴졌다.

묘한 거리감이었다.

그런 느낌은 아주 짧은 순간에 스치고 지나갔기에 보과과는 긴가민가했다.

'사이비 주제에……'

지금처럼 무리를 해서라도 반드시 확인해야 했다.

그것은 무인으로서의 느낌!

역시 그 느낌은 맞았다.

몸과 몸이 격돌하며 전율했다. 온몸의 세포 하나하나가 활성화되는 느낌이 이럴까.

"좋아! 아주 좋아!"

보과과가 소리치며 몸을 던지는 식으로 달려들었다.

다탁이 부서지든 말든 모르겠다는 식의 육탄공격이었지만 분명 다탁의 균형은 철저하게 유지되고 있었다.

종주 역시 기세를 잃어선 안 된다고 생각했는지 몸을 마주 날렸다.

투다다닥—!

순간적으로 두 사람이 교차하며 어깨에서 허리, 허벅지를 이용한 격타를 교환했다.

"으."

"음."

자리가 뒤바뀌는 순간 다탁이 팽이처럼 핑그르르 돌며 상하 좌우로 요동쳤다.

체구와 체중에서의 격차는 눈에 보일 정도다.

다탁 위라지만 이 물리적인 차이를 극복한 것 같지는 않았다.

종주의 열세였다.

다루가 있는 별관의 소란에 문이 열리며 수많은 호텔 관계자들이 들어왔다.

진풍경에 그들의 걸음이 절로 멈추었다.

그리고 요동치는 다탁 위에서 균형을 잡으려는 사람과 균형을 무너뜨리려는 사람 사이의 각축을 확인하고 입을 벌렸다.

"그만 떨어져라—!"

승기를 잡았음인가.

급격히 흔들거리는 종주에게 보과과는 다탁 모서리에서 튕겨 나가도록 진동을 전달했다. 절묘한 힘의 전달.

순간,

"끼얏—!"

종주에게서 날카로운 기합이 터지며 거한이 흔들어놓은 균형의 힘에 몸을 실어 뛰어올랐다.

발끝 도약으론 도저히 불가능한 높이.

종주의 착지점은 거한이었다.

투다다닥—!

무수한 발길질이 공중에서 보과과를 향해 떨어져 내렸다.

종주의 다리 끝이 거한의 이마, 턱, 목, 가슴을 타고 내려왔다. 체중이 실리지 않은 공격이라지만 전부 받아들이긴 많은 타격이었다.

그렇게 종주의 발 그림자가 보과과를 뒤덮었다.

"으윽!"

종주는 다탁을 등으로 받으며 기울어지는 탁자의 균형을 잡았다.

등이 닿자마자 몸을 굴려 날아오른 처음 그 자리로 찾아갔다.

충격에 균형을 잡으려는 거한의 거친 반동!

이 반동에 종주는 한 점 의심 없이 몸을 실었다.

튀어 올라 낙하하며 방금 전에 가한 공격을 거한에게 다시금 가했다.

방금 전과 같은 그림의 놀라운 재현!

투다다닥—!!

격타음이 사납다.

“크으……”

이어 종주는 등으로 착지하며 제자리로 돌아와 몸을 세우더니 거한이 탁자의 중심을 잡으려는 힘을 이용해 재도약했다.

이어지는 낙하와 함께 무수한 공격이 보과과에게 쏟아졌다.

보과과가 떨어지지 않고 중심을 지키려 할수록 종주는 날아올라 매서운 공격을 퍼부었다.

투다다다닥—!

“커걱—!”

이제는 대놓고 주먹질이다.

손 그림자와 발 그림자가 거한을 뒤덮었다.

누군가 말려야 했다.

보과과는 오기로 맷집으로 버틸 게 뻔했고 종주는 천 번이고 만 번이고 공격을 이어 나갈 터였다.

하나 우려할 필요는 없었다.

착지한 종주가 탁자 모서리 끝에 모로 매달리듯 힘을 가하며 다탁의 균형을 잡았다.

덩그르르르르르.

탁자가 진동하며 수평을 찾았다.

보과과는 부르르 몸을 털며 자신의 가슴을 내려다보았다.

무수한 발자국이 자존심을 뭉갰다.

"…좋아. 아주 좋아."

상처 입은 호랑이 같은 사나운 눈빛이 종주를 쫓았다.

종주의 눈엔 차가운 열기가, 입가엔 부드러운 미소가 걸렸다.

이제 끝을 내려 함이다.

소림의 거한 역시 고개를 끄덕이는 것으로 답했다.

"그럼 갑니다."

종주의 몸이 내지르기 자세를 취하며 탄환처럼 튀어나갔다.

스팡—!!

공기의 팽창음이 놀랍다.

그림자의 교차, 자리의 이동, 그리고 재도약 교차와 이동, 그리고 격돌!

팟팟—! 파팡—!!

강렬한 격타음이 실내를 흔들었다.

실내 공기가 퉁퉁 튕겨나갔다.

그리고 파국!

꽈직 하는 무언가 주저앉는 소리가 울렸다.

다탁의 겨룸은 멈춘 상태였다.

두 사람은 주먹과 주먹이 맞닿아 있는 그림에서 정지해 있다.

종주의 코엔 피가, 턱 끝을 타고 땀 한 방울이 피와 뭉쳐 떨어졌다.

승부는 났다.

보과과의 발은 다탁을 통과해 바닥에 완전히 붙어 있었고, 종주는 자세를 완전히 낮춘 상태에서 상대와 수평이 되게 주먹을 내지른 자세를 유지하고 있었다.

익숙한 중력이 보과과의 다리를 타고 올라오자,

"…어라? 내가 졌네."

고요한 정적 속에 주먹이 마주한 사이의 공기가 떨렸다.

두 눈이 마주쳤다.

사나운 퉁방울눈이 뿌리는 투기가 자미의 부드러운 눈에 닿아 스르륵 녹아 내렸다.

집념과 광기가 부질없음이라.

그 어떤 겨룸을 나누든 결과는 마찬가지임을 선언하는 것 같았다.

"탁자의 겨룸에서는 제가 이겼군요."

"와, 중국에서 나를 이길 자가 있다니……."

보과과는 자신의 패배가 더 신기한 모양이다.

여전히 두 사람은 주먹을 뻗은 상태 그대로.

"검을 들면 더 매섭습니다."

"…화산파란 건가? 그래, 졌어."

"유쾌한 겨룸이었습니다."

“나야말로. 허허.”

보과과가 너털웃음을 지으며 피 묻은 주먹을 거두었다.

그리고 탁자에 빠진 두 다리를 내려다보았다.

탁자 위 대결만 아니었더라면 또 다른 결과가 기다릴 수 있다.

그런 대결이라면 종주 그는 처음부터 응하지 않았으리라.

힘과 속도, 그리고 기술의 승부라면 누가 무어라 하든 소림 보과과가 우세다.

하나 무인과 무인의 겨룸에서는 수많은 변수가 존재한다.

지금처럼 균형의 분배가 개입된 겨룸이라면.

처음부터 종주에게 유리한 대결이었다.

그랬다.

실제 종주의 특기는 탁자 위에서의 박투다. 화산의 공연에 그를 위해 ‘탁자 위의 결투’가 따로 있을 정도다.

전장의 선택을 적에게 맡겼으니 소림의 오만이 부른 패배였다.

보과과가 탁자에서 빠져나오고, 주변 정리가 이어졌다.

등펑이 목소리를 높이며 탁자를 치우는 호텔 관계자들과 실랑이를 했다. 열을 올려 배상금을 타협하려는 나름 오래된 몸부림이었다.

모두의 시선이 종주와 거한을 오고 가는 가운데 보과과가 뭔가 결심한 목소리로 외쳤다.

그 대상은 등펑이었다.

"등펑, 나 외국에 당분간 나가지 않을 거야─!"

누군가의 마음이 무너지는 소리가 모두에게 울렸다.

War 07
전쟁중독자의 고백

機甲戰記

機甲戰記
Massacre
기갑전기 매서커

한 헤비 블로거가 올린 마지막 문장을 큰곰이 읽었다.

"…물러날 수 있단 말인가! 이 글은 어때?"

작은곰과 지오가 동시에 말했다.

"오호! 상당히 자극적인데?"

"…인종 차별적입니다."

큰곰이 히쭉 웃으며,

"그냥저냥 산 건 우리도 마찬가지인 것 같은데 말이지."

"나름 체질 개선했다 이거죠."

작은곰의 말에 지오는 고개를 끄덕였다.

다들 황당한 일을 당할 때면 한국을 떠나고 싶은 생각이 굴

똑같지만 중국에 가서 살겠다는 생각을 하는 한국인은 없으
니.

아무튼 비상대책위 게시판엔 중국과의 결승전을 기대하는
다양한 사람들의 글들이 올라오고 있었다.

대부분이 격려성 글들이었고 지금처럼 '연설 버퍼'성 글
들도 상당했다.

지오는 고개를 절레절레 흔들었다.

"이걸 어떻게 나보고 다 읽으란 말야?! 민족 감정을 자극하
란 말인데 분노보단 중국인에 대한 동정심이 생길 뿐이잖
아."

"네가 착해서 그래."

"그래도……."

지오는 난감했다.

게시판의 글을 찾아 읽느라 두 눈은 벌겋게 충혈된 상태다.

일본전에 승리해 획득한 팁이 문제였다.

모두 당신을 지켜보고 있다.

"보았노라. 싸웠노라. 이겼노라!"

당신은 명실상부한 지도자!

전투 전 아군의 사기를 진작시킬 이야기를 하십시오.

사자의 포효처럼.

모두 당신의 말을 귀담아들을 것입니다.

그렇다. 감히 쪽팔려도 버릴 수 없는 팁인 것이다.

물량에 맞설 수 있는 질을 높일 수 있는 방책 아닌가.

아군에 힘이 될 수 있는 자극적인 글을 찾긴 해야 하는데
딱히 와 닿는 것은 말초적인 내용이 대부분이다.

"휴!"

한숨이 절로 나왔다.

언제 누구 앞에서 이야기를 해봤어야지.

한데 대놓고 연설을 하라니.

같은 유저로서 염장 지르는 '자랑질'이라면 모를까.

사기를 북돋우기는커녕 분위기 썰렁하게 만들 수 있다.

말보다는 행동으로. 그게 지금까지의 지오 아니던가.

과연 경기 당일 어떤 말을 해야 한국 유저들의 사기를 끌어
올릴 수 있단 말인지…….

자연 한숨이 푹푹 나오는 지오였다.

두 곰이 미안한 미소를 지으며 지오가 조용히 생각하도록
의자를 밀어 물러났다.

이렇듯 지오의 고민은 깊어만 갔다.

"…거참."

조금 전의 글처럼 상대의 약점을 들추는 내용은 아닌 것 같았다.

자긍심을 고취하고 싶은데 지오 그 자신에 어떤 자긍심이 있는지 생각해 본 적 없으니 더욱 그러했다.

게다가 과연 자신이 한국인임을 자랑스럽게 여긴 적이 있던가?

없었다. 단 한 번도.

'왜 한국인이 위대한가?'

그것은 지오가 처음으로 해보는 고민이었다.

*   *   *

지오는 호출된 단말기 내용을 확인하자마자 입가에 냉소에 가까운 미소를 지었다.

"이 몸이 휴가를 냈는데 감히 긴급 상담 요망이라……. 존도 주제에. 뭐, 가보면 알겠지."

블랙 포리스트의 도 이사였다.

지오는 국가 대항전 기간 동안 휴가를 낸 상태다.

도 이사는 지오의 근황이 궁금해 보고 싶은 마음이 들 위인
은 절대 아니니라.

그렇다. 지오가 데드 캠프 검열관으로 한국 요원들의 실력
을 검증하는 동안 단 한 명의 용병조차 배출할 수 없었으니
둘의 관계는 원수의 원수가 따로 없는 관계로 전락했다.

도 이사는 본사의 독촉까지 겹쳐 부글부글 끓고 있었다. 스
트레스로 원형탈모가 생겨 가발을 착용한 상태가 되었다.

그렇게 지오는 블랙 포리스트 한국 지사의 점령자로 군림
했다.

"음……."

아무리 늦은 밤이지만 분위기가 이질적이었다.

야근 중인 직원 몇이 지오를 확인하고 스치듯 인사를 건네
왔다. 무언가가 진행되고 있음을 굳은 눈빛으로 알려주었다.

도 이사의 사무실만이 조명이 환하게 들어온 상태로 썰렁
한 기운이 감돌았고, 사무실 문 앞엔 본 적 없는 경호원 넷이
도베르만처럼 서 있었다.

가슴엔 장난감 같은 서브머신 건을 여보란 듯 노출시킨 상
태다.

'이것 봐라?!'

지오 자신이 광산 기지에서 애용했던 총기의 개량형이었
다. 폭력성이 넘치는 여느 돌격 소총의 삼분지일 크기에 무게

도 1킬로그램을 넘지 않았다. 소재 자체의 놀라운 은밀성으로 요인 경호용으로 특별 주문해야 되는 물건이었다.

아무리 카오스 상태로 전락한 서울이라도 버젓이 들고 다닐 물건이 아닌 것이다.

한국 정부가 반입을 허가한 국제적 거물의 행차였다.

블랙 포리스트 본사의 참을성이 다한 것이리라.

'결국 도 이사는 경질되는 건가? 쯧, 만만했는데……'

지오는 그렇게 한국 지사에 새로운 지사장이 파견된 것으로 짐작했다.

성과없이 일 년이 지났으니 너무 늦은 경질이리라.

'하긴……'

한국 지사에서 교육 대기 중인 용병의 수는 무려 8백 명이나 발생한 상태다.

무려 8백 명!

기본급에 교육 수당을 지급해야 하는 인력이다.

아무리 전쟁 산업이 호황이래도 이들을 유지하는 비용은 큰 부담이 아닐 수 없다.

그리고 블랙 포리스트 한국 지사는 빌딩 내 대학 캠퍼스처럼 긴장이 결여된 공간이 되어버린 상태다.

이는 전부 지오 한 사람 때문에 발생한 일이다.

지오를 상대로 5분을 버티는 유닛은 없었다.

방아쇠를 당겨본 사람만이 가지는 그 미묘한 차이를 극복하기엔 교육생의 수준으로는 무리였다. 대학원생과 유치원생의 차이였다.

물론 도 이사 역시 가만히 당하고만 있지 않았다.

이후 별별 수를 다 동원해 보았지만 지오가 제시한 조건을 통과하는 유닛은 탄생하지 못했고, 교육생들의 반발을 사기만 했다.

여하튼 지오는 일 년 넘도록 괴롭히던 도 이사를 볼 수 없을지도 모른다는 생각에 섭섭한 생각을 가지고 실내에 들어서야 했다.

"……!"

지오는 그 어느 때보다 밝은 표정으로 자신을 반기는 도 이사를 보아야 했다.

"여어, 악당 오브 악당—!"

"…도 이사님."

지오를 향한 '워리어 오브 워리어' 라는 인사는 '악당 오브 악당' 으로 바뀐 지 오래.

그렇게 평소처럼 인사를 나눈 후 지오는 이어 방 안의 낯선 인물에 시선을 옮겼다.

'흠.'

매의 눈을 가진 은백발의 백인이 도 이사의 책상에 앉아 심각한 표정으로 교육생들이 치른 시뮬레이션 전투 영상을 바라보고 있었다.

흐르는 그림엔 교육생들의 슈팅아머들이 속수무책으로 픽픽 쓰러지고 있었고, 그때마다 그는 등을 뒤로 제치며 숨을 헉헉 내뱉었다.

몰입의 정도가 달랐다.

그는 그제야 지오의 시선을 느꼈음인가, 고개를 들어 깊은 눈으로 지오를 담았다.

그리고 도 이사에게 눈으로 이 그림의 주인공이 눈앞에 청년인지 물었고, 도 이사는 '오브 코스'라고 엄지를 추켜세우며 답했다.

그러자 그는 천천히 일어나 커다란 손을 마주치며 우렁찬 박수를 만들어 지오에게 보냈다.

짝짝짝―!!

"코웰입니다."

유창한 한국어였다.

"발음이 훌륭합니다."

지오는 악수를 하며 솔직히 놀랐다.

코웰이 궁금증을 풀어주었다.

"첫 아내가 한국인, 아니, 북한, 이도 아닌가? 아, 그렇군. 조선인이었습니다. 그러고 보니 평양에 6년가량 살았군요."

"아!"

그래서 발음이 울리는 성우 톤에 가까웠다.

"틈틈이 말을 잊지 않으려고 한국 드라마를 놓치지 않고 봤습니다. 한국 드라마 감상은 그녀와의 좋은 추억이었죠."

존 도보다 훨씬 자연스러운 단어 선택이었다.

자연스럽게 한국어가 술술 나오자 옆에 배석한 도 이사의 표정이 묘했다. 아마 코웰이 자연스럽게 한국어를 구사하는 줄 지금까지 몰랐음을 알 수 있었다.

지오는 눈앞의 코웰에게서 노회하고 유능하면서, 그리고 지친 스파이의 느낌을 받았다.

그렇게 블랙 포리스트 실세의 소개 다음, 대화는 자연스럽게 한국어로 이루어졌다.

지오로서는 천만다행이랄까.

도 이사가 말했다.

"미스터 윤, 우리 쪽 제안은 간단합니다. 매서커로 중국전에 참전하는 것이 전부입니다."

"흠흠."

지오가 문제의 매서커임을 이미 알고 있었다.

그는 여하튼 이 상황이 좀처럼 이해되지 않았다.

인관 관계가 없잖은가.

그냥 한번 '맛 좀 봐라!' 식으로 보이콧 시늉을 했을 뿐이다. 그런데 어떻게 블랙 포리스트 실세 중 실세가 날아와 참전을 종용할 수 있단 말인가.

그것도 가상의 전장에.

블랙 포리스트와 글로벌 E&T 사이에 그 어떤 접점이 있는지 짐작이 되지 않았다.

둘이 무슨 거래가 있단 말인지…….

문제는 상대가 진심이라는 것이다.

"원하는 조건을 말해주시면 됩니다."

"뭐든지?"

"예, 뭐든지!"

"교육생 전원의 용병 계약 해지도?"

"그건……."

도 이사는 코웰을 당황한 눈으로 바라보았다.

이는 분명 재량을 넘은 문제였다.

한데,

"…가능합니다."

대답이 너무도 선선히 코웰의 입에서 흘러나왔다.

"……!"

이건 뭐지?

의외의 전개에 지오는 당황했다.

지오는 정보와 정보의 간극 차이에 잠시 침묵해야 했다.

뭐니 뭐니 해도 이건 수지 자체가 맞지 않는 제안이잖은가.

지금까지 800여 명이나 되는 용병을 한국에서 모집했다.

블랙 포리스트는 국가 하나를 전복시킬 프로젝트를 가동 중이었다.

한국인에게 특별히 호감을 가지고 있는, 열대 밀림을 가진 섬나라.

더불어 서구인의 오랜 분탕질로 그들에 대한 인종적인 반감이 깊은 나라다.

한국이 춤, 노래, 드라마, 영화로 제3 국가를 침공한 여파였다.

아무튼 블랙 포리스트로선 이 프로젝트에 거대한 이권이 걸려 있음이라.

한데 나라 하나를 대상으로 하는 대규모 작전과 가상에서의 참전을 같은 급에 놓고 있다는 점이 말이 되지 않았다.

지오의 미심쩍음에 코웰이 입을 열었다.

"지금까지 한국에서 발생한 비용은 작전이 개시되고 나서 발생할 비용의 백분지일에도 미치지 않은 정도랄까. 여하튼 다른 큰 거래를 위해 능히 포기할 수 있는 비용이라는 것이지."

코웰은 자연스럽게 말을 놓았다. 모든 것을 꿰뚫어 보는 듯한 거만함이 배어 있다.

"중요한 큰 거래?"

"미스터 윤, 거기까지. 우리가 고객이 원하는 바를 제공할 수 있다는 게 중요한 거 아닌가."

"…우리라……."

너무도 한국인에 가까운 화법에 지오는 놀라움의 연속이

었다.

여하튼 블랙 포리스트와 중국 사이에 커다란 거래가 있음을 알 수 있었다.

그가 결정타를 날리듯이 말했다

"미스터 윤, 이 정도면 된 것 같은데… 애국 청년, 아니 애족 청년이라고 해야 하나?! 뭐, 아무튼 800명의 바보를 구할 기회네."

"……."

그는 지오가 무엇을 원하고 있는지 알고 있었다.

한국인을 한국인보다 더 잘 알고 있음이라.

지금 지오에겐 그 800명의 '자유로운' 바보가 필요했다.

생각할 시간은 길지 않았다.

지오의 입가에 악동 같은 미소가 그려졌다.

그 미소의 의미를 익히 경험한 바 있는 도 이사는 흠칫 몸을 떨었고, 코웰은 몸을 당겨 느긋하던 자세를 고쳤다.

"결정했군."

지오는 천천히 고개를 끄덕이며 자신의 답을 말했다.

"좋습니다. 더불어……."

"추가 사항이라……. 욕심이 과하군. 하나 오늘만 한 날이 없으니 말해보시게."

"그러니까… 블랙 포리스트 데드캠프의 폐쇄를 원합니다.

영구한······."

"······."

지오와 코웰, 코웰과 지오의 눈과 눈이 대화했다.

상대의 각오가 전달되었음인가.

긴 침묵 끝에 코웰이 길게 한숨을 내쉬었다.

"휴, 한국인들은 도저히 이해할 수가 없어."

너무도 잘 이해하는 코웰일지도.

*　　　*　　　*

지오는 밤을 새워 800명의 바보를 자유롭게 하는 사안을 도 이사와 조율했다.

하루아침에 한국 청년 800명이 실직자로 전락해 버렸다.

이 800명 중 지오에게 돌 던질 인물도 있겠지만 모두에게 일 년치 연봉이 위로금으로 지급토록 했으니 다른 인생 계획을 세우길 바랄 뿐이다.

지오는 도 이사와 밀고 당기는 세부 사항을 마무리하자 진이 다 빠진 상태였다.

반면 얼음을 채운 진을 홀짝이며 여유로운 코웰이었다.

"후후, 재미있는 친구로군. 동료를 자신처럼 아끼는 것은 우리 업계의 가장 중요한 덕목이지만 좀 과하다 싶군."

"당연한 걸 특별하게 생각하는 게 문제죠."

"하긴, 여하튼 다시 같이 일을 해보자고 제안하고 싶지만
이 업계의 방해꾼이 될 공산이 크니 입에 발린 예의는 차리지
않겠네."

"하하."

지오는 코끝으로 웃으며 수긍했다.

"끙. 미스터 윤을 이 업계 블랙리스트에 반드시 올리고 말
겠어."

대신 옆에서 골이 단단히 난 도 이사였다.

손해가 막심함이 느껴졌다.

"저야 바라는 바죠."

"으. 이건 있을 수 없는 일이야. 이 손해를 어떻게……."

그렇게 도 이사가 서류를 마무리하는 동안 지오와 코웰은
자연스럽게 중국전에 관해, 아니, 중국에 대해 말이 나왔다.

지오도 궁금했다.

블랙 포리스트와 중국과의 관계가.

왠지 코웰이 의도적으로 말하고 싶은 눈치였지만 지오는
사양하지 않았다.

코웰이 자신에 대해 전사로서 호감을 가지고 있음을 느꼈
기에 무언가 이야기 중에 흘리고 싶은 것이리라.

도 이사보다 오늘 본 코웰이 더 동료의 정이 느껴지기도.

여하튼 약간 취한 외국인 노인과의 대화는 피곤한 일이지
만 장단을 맞추어주기로 했다.

코웰이 잔을 돌리며 입을 열었다.

"중국 노동자의 위력은 인류가 직면한 커다란 재앙이지."

"……."

지오는 고개를 갸웃했다. 뜬금없기도 했다.

"후후, 이런 말을 하면 미스터 윤처럼 갸우뚱하는 사람들이 대부분이더군."

"아니, 어떻게 순종적이며 불쌍하기까지 한 노동자들이 인류의 재앙이 될 수 있단 말입니까?"

지오는 나름 발끈했다.

"스토리는 길지만 간단해. 중국은 일세기 전 이 값싸고 순종적인 노동력을 앞세워 전세계에 산재한 제조 공장을 싹쓸이했어."

"……."

그건 사실이다.

"그 결과 미국 같은 서구 부국들의 실업률은 장기간 높아져 버렸고, 일본은 장기 불황의 그늘이 드리워져 활력없는 나라가 되어버렸지."

"……."

궤변이다. 지오는 일단 참았다.

"후후, 선진국이 그럴진대 한국 같은 어중간한 나라는 어떻게 되었겠나?"

"음."

"고용 조건은 악화되어 생겨나는 일자리 대부분은 비정규직이 차지했고, 정규직의 근무 시간은 줄기는커녕 늘어나기만 했다. 중산층은 늘어나질 않고 그 질 역시 계속 떨어져 선진국 문턱에서 주저앉을 수밖에 없었지. 88만원 세대의 대물림, 자네가 겪은 일이 후배나 자손들도 겪을 일이지."

"그, 그만 하시죠."

신경을 건드렸다.

하나 코웰은 말을 이어 나갔다.

"한국은 그나마 나은 편이지. 미스터 윤이 다녀온 나라를 생각해 봐. 후진국의 경우는 더 비참하지. 스스로 발전할 기회 자체가 영원히 사라져 버리고 말았으니. 후후."

"……!"

이는 현실이었다.

백 년 전 후진국은 지금 여전히 후진국 지위를 벗어나지 못해 기아, 질병, 빈곤, 내란 등 악순환의 고리를 끊지 못하고 있다.

한데 이를 조장하며 암약하는 존재가 바로 눈앞의 인물들이다.

악이 스스로를 거악으로부터 특정지어졌다는 궤변을 늘어놓으려 함인가?

"자, 보라고. 스스로의 처지를 개선하려는 용기가 없는 중국인들로 인해 세계인의 삶의 질은 곤두박질쳐졌어."

"그만 하시죠."

왠지 그에게서 개인적인 감정이 느껴졌다. 그는 그치지 않았다.

"전세계가 중국 부흥이 이룬 폐해를 알아차렸을 때는 이미 늦고 말았어. 3개의 중국으로 나뉜 지금 그 미치는 폐해는 오히려 늘었어. 선진국이든 중진국이든 이 중국과 야합하거나 결탁해 그 지위를 연명하는 길을 택할 수밖에 없는 지경이 되고 말았다 이거야."

"첫 번째 부인이?"

"역시 눈치가 빠르군. 그래, 그녀는 내가 스파이란 이유만으로 스파이로 몰려 중국으로 탈출했지. 그리고 중국인들에게 조선돼지로 붙들려 이리저리 팔려 다니다 결국 자살하고 말았어……."

"……!"

코웰의 눈이 벌겋게 충혈되어 있다.

알코올의 힘이 그를 이렇게 만든 건 아니었다. 입만 축였을 뿐이다.

그렇다.

첫 번째 아내의 죽음이 그를 이 자리에 있게 만든 것이다.

편협함에는 나름의 근거가 있다. 그것이 개인사의 비극에 기초한다면 광기로 발전할 충분한 조건을 갖춘 것이리라.

"후후, 나는 중국인을 죽이기 위해 모든 분쟁에서 중국의 반대편에 섰다. 그렇게 전쟁중독자로 살아남았지. 자네가 살아남았듯이."

"……."

코웰의 눈은 불이 꺼진 눈이었다. 자신과 같은.

전쟁중독자의 눈.

War 08
한국인의 불

機甲戰記
Massacre
기갑전기 매서커

"허허, 다 지난 이야기야. 개인사는 덮자고. 아무튼 세계와 중국이 야합한 결과를 보라고! 세계 문명 수준은 산업혁명 시대로 돌아가 버리고 말았어. 과학은 22세기건만 인간은 19세기 상태!"

"휴."

말릴 수가 없다.

"이제부터가 압권이지. 전세계가 중국이 이룬 기형적 경제 성장에 고통을 받는 한 세기가 흘렀음에도 중국은 전세계를 향해 당당히 말하지. '자신들이 없으면 세상은 종말이다. 고로 중국은 영원해야 한다' 고."

열변에 도 이사의 눈이 휘둥그레졌다.

"허허, 과거부터 스스로 만국의 중심에 있다고 말하더니 여전히 무지할 뿐 아니라 광적인 망상에 젖어 있지 않은가?"

그는 광인이 되려 함인가.

"게다가 이젠 중국의 변화를 기대힐 수 없는 상황이 되어 버렸어. 슈퍼파워를 자처하던 내 조국 미국이 중국에 무릎 꿇었다 이거야. 가상 게임 속에서의 결과지만 시사하는 바는 크지. 내가 미스터 윤을 상대하는 원인을 만들었고. 후후, 이는 물론 영광이지만."

도 이사가 코웰을 만류하려고 다가갔다.

"E&T 국가 대항전… 전세계 평균적인 사람들이 참가한 경쟁이잖아. 그 경쟁에 작용한 보이지 않는 손의 크기를 전세계가 모를 리 없어. 전세계가 다 알아버렸어. 내 조국 미국이 중국의 후장을 핥으려 하다는 것을."

개인의 비극, 조국의 쇄락에 대한 안타까움.

도 이사는 제지하지 않았다. 그 역시 미국인으로서 느끼는 바가 같기에.

미국이 중국에 잘 보이기 위해 승리를 상납했다는 이야기가 공공연하게 나올 정도 아닌가.

드디어 중국의 시대. 올 것이 왔다.

수많은 나라에서 중국 비위 맞추기 특집 방송을 흘려보내고 있고, 그들의 유구한 5천 년 역사를 미화해 내보내기에 바쁘다.

벌써부터 우승이라도 한 분위기를 만들고 있다.

·······.

묘한 침묵이 흘렀다.

지오라고 생각이 왜 없겠나.

그럼 우리 한국은?

우리의 상황은 어떠한가?

역사 이래 중국으로 인해 가장 피해 본 나라를 들라면 우리 한국이리리라. 한국 식자들만 인정하지 않을 뿐이지만.

봉건시대 소중화주의자들은 개화기의 친일주의자로, 이 친일주의자는 산업 시대의 친미주의자로, 이 친미주의자들은 정보 시대를 거쳐 우주 시대를 향하는 지금 '신 소중화중의자' 와 '극 친미주의자' 로 나뉘어 다툼이 끊이지 않고 있다.

한국은 늘 이런 혼란스러움을 겪어야 하는 운명인지도.

국민적인 관심사가 되어버린 E&T 국가 대항전에 중국을 결승전에서 마주하게 되었다.

신중화중의자들은 말하고 있다. 국익을 들어 즐길 만큼 즐 겼으니 말초적인 국민감정을 자극하는 방송은 중단하자고.

이어 대첨에 있는 친미주의자들이 말한다. 지켜본 바, 합리 적인 상황은 기대하기 힘드니 더 이상 쓸데없는 데 힘쓰지 말 자고.

둘은 보이콧 정보를 환영하며 합심 전력으로 퍼 나르고 있다.

이 둘이 의견의 일치를 보다니!

눈치챘는가?

친미주의자들의 신소중화주의자로의 변질이 시작된 것이다.

한국 경제계는 친 중국적인 정서가 팽배한 곳으로 변한 지 오래다. 대신 한국 언론계만큼은 친미주의자들의 성역으로 남아 있었다.

코웰과 같은 이야기를 주로 하는 존재들이다.

그런 그들이 돌변한 것이다.

뜨겁게 달아오르던 방송은 언제 그랬냐는 듯 차갑게 식어 냉소적인 정보를 내보내기 시작하고 있다.

주관사인 글로벌 E&T의 의혹을 꾸준히 제기하고, 한국 E&T의 비리를 까발리는 고발 프로가 경쟁적으로 내보내지고 있는 중이었다.

한국은 국제적 도박판에 초대받은 불청객에 들러리라는 것!

맞는 말이다.

그 누군들 자신들이 들러리 서는 걸 바라고 즐기겠는가.

이렇듯 주류 언론들은 태도가 돌변해 찬물을 퍼붓다시피 국가 대항전을 깎아 내리고 있는 중이다.

하나, 일반 시민의 반응은 달랐다.

거리와 시민들의 생각은 정반대로 움직이고 있다. 더 뜨겁게 달아오르고 있다.

왜?

한 달 가까이 이어진 이벤트다. 그만큼 오래도록 데워졌다.

은근한 불에 데워진 가마솥이 이제 펄펄 끓어오르고 있는 것이다.

언론에서 아무리 찬물을 끼얹어도 데워진 무쇠 솥은 식을 줄 모르고 있음이다.

한국인의 냄비 근성을 이야기하지만 이는 언론에 한정되는 이야기임을 이렇듯 증명했다.

이는 무엇 때문인가?

모든 편파적인 상황을 극복한 한국인, 그 자신에 대한 믿음이 있어서다. 그렇게 우리를 믿기 때문이다.

그렇다. 한국인은 한국인을 믿음이라.

지오는 이를 이미 확인했다.

그렇기에 지오는 측은한 눈으로 코웰을 바라볼 수 있었다.

사각사각—

서류를 출력하는 규칙적인 소리가 사무실을 울렸다.

조금 전의 열변이 멋쩍은 듯이 코웰이 말했다.

"한국인들을 모르겠어. 아니, 정말 알다가도 모르겠어."

"뭐가요?"

위로가 필요한 노인이었다.

"잘 생각해 보라고. 고대부터 지금까지 세계인 중 한국인만큼 중국인을 가까이서 본 세계인은 없을 거야."

"사실이죠."

한 세기 전만 해도 한국인은 중국인에 대해 일종의 환상을 품고 살았다 해도 과언이 아니다. 그러나 한국인은 지난 한 세기 동안 중국인의 밑바닥까지 볼 수 있었다.

이는 중국인들이 '그냥저냥 살아온 사람들'이란 걸 깨닫기에 충분한 시간이었다.

"자, 중국인의 과거를 보자고."

"에혀! 그래, 한번 봅시다."

"후후, 포기했군. 좋아, 한번 들어보자고."

"……."

"유교사상 독점이 만들어낸 허례허식, 과거에 평생 투신하기, 글 그리기, 공자와 황제까지 즐기던 잔인한 식인 습관에다 관료들의 죄상 날조하기."

"……."

한국인들도 그런 시절을 보냈다. 별로 편치 못하다.

"가혹한 형벌 연구하기, 과학적 사고를 방해하는 음양오행에 풍수지리, 단약 만들기, 장생불로 연구, 수은 납 중독, 이단

탄압… 낳기만 하고 기르는 데 무심하기가 비할 바 없는 번
식, 여인의 작은 발 감상하면서 놀기, 죽어라 돈을 모아 화려
한 장례식 치르기, 도박, 아편 흡입, 내전 등 어리석은 행동과
악습에 시간과 정력을 낭비해 그 결과 인류 역사상 가장 많은
폭군을 배출했어."

"……."

와— 입이 벌어졌다.

"게다가 중국인은 이 폭군이 악독할수록 흠모하고 존경하
기까지 하지."

"……."

입맛이 썼다.

그 어디에 미화하고 본받을 가치를 찾을 수 있단 말인가.

중국인들의 악습 중에 한국 조상들의 것도 분명 있으니.

"이런 악습이 중국인 골수에 깊이 각인되어 있어 과학의
시대라고 전혀 달라지지 않았단 말이지. 그럼 이제 현재의 중
국인을 보자고."

"……."

미국이 진 분풀이를 하려는가.

"공산당 독점의 극권주의, 국가 중심의 형식주의, 돈 벌어
공상당원 되기, 권력과 재력으로 있는 힘껏 처첩 거느리기,
노예 노동, 유아 납치 수출, 인신매매, 장기 밀매, 마약 탐닉,
소수 민족 억압, 종교 탄압, 국가 폭력에 무한정 순종하기 등

현대 중국 역시 고대 중국 못지않게 어리석고 책임감없기는
매한가지 아냐?"

"……."

"중국인의 습속은 정화, 개선, 반성과는 거리가 멀지. 그런
개념을 알고는 있는지 의심스러운 구제불능의 문명이라 이거
지. 어떻게 그런 문명 옆에서 국가를 유지할 수 있는지 한국
인이 너무 신기해. 그렇지 않나, 미스터 윤?"

"……."

할 말이 없다.

그리고 대단하다기보다는 한국인으로 한국인이 신기했다.

과거 한국은 중국에 중독된 나라였다. 전세계에서 가장
'중국 중독' 현상이 극심한 나라였다.

그 중독의 결과 참혹한 수치를 얼마나 겪어야만 했던가.

하나 서구 문명의 숭고한 가치가 물밀듯이 밀어닥쳐 과거
의 악습을 반성해 이 더럽고 질긴 중독에서 가까스로 벗어날
수 있었다.

중국 5,000년 식인 문명에서의 탈퇴!

한국인이 이룩한 여러 기적 중 하나가 아니고 무엇이랴.

"발전할 기회를 영원히 놓쳐 버려 사회주의 화석국가가 되
어버린 북한, 이런 북한을 그럭저럭 숨이 붙은 상태로 연명하
게 만든 주범이 중국… 이는 북한에 뒷마당을 지키는 미친개
의 역할을 부여한 것이야."

"자유국가인 한국과 육로로 국경을 맞닿을 자신이 없음이죠."

절로 맞장구 치고 있는 지오였다.

코웰은 고개를 끄덕였다.

"크크. 한반도의 통일을 방해하는 제일 세력은 중국이야!"

"휴."

지오는 이 묘한 광기에 휘말리고 싶지 않지만 그의 말에 수긍할 만한 사례는 분명 있었다.

특히 북한을 놓고 한 세기 동안 한국과 중국 사이엔 국가 감정과 민족 감정이 빈번하게 충돌할 수밖에 없었다.

서로의 부조리함을 시도 때도 없이 들추어보았자 어찌 중국을 따를 수 있단 말이랴.

한국 내 차이나타운, 중국인 게토에서 벌어지는 치안 부재 현상도 한몫 거들었다. 차이나타운을 만든 중국인은 같은 동족을 상대로 폭력과 수탈의 극치를 보여주었다.

같은 동포를 상대로 이토록 잔인할 수 있는지……

"중국인은 왜 차이나타운을 만들까? 유구한 문화와 전통을 지키기 위해서? 아니지. 바로 같은 동족을 뜯어먹기 위한 장치가 필요해서지."

"……"

이런 말을 대놓고 할 수 있다니……. 과연 미국인.

"불합리에 저항할 줄 모르는 중국인, 불합리를 개선할 생

각조차 없는 중국인… 그들의 가슴엔 자유인의 불이 없어. 한
국인에게 있는 불이 그들에게는 없다 이거야.”
“음.”
그의 이 말이 시오의 머리를 쳤다.
드디어 답이 나왔다.
전쟁 장사꾼 코웰은 중국인보다 한국인을 더 잘 알고 있었
다.
한국인의 가슴엔 불이 있다.
자유인으로서 이글거리는 태양 같은 불이 한국인에게 있
다.
“우리 미국인은 그 불이 어느샌가 꺼져 버렸어.”
“……”
안타까운 고백이었다.
지오는 안다, 그 불이 꺼진 이유를.

그것은 바로 당신, 전쟁중독자들 때문임을.

*　　*　　*

코웰이 진정되었다.
“물어봐도 될까요?”
“영업 비밀만 아니면 뭐든지.”

"이렇게 수지를 맞출 생각입니까?"

"후훗, 질문의 대상을 잘못 선택했군."

"……?"

"내가 하는 일은 숫자를 맞추는 게 아냐. 그저 비즈니스상의 걸림돌을 제거하는 게 내 일이라고 할까. 나는 이 일이 마음에 드네."

실행 팀을 돌린다는 은근한 암시였다.

그는 지오를 도발하고 있음이라.

"걸림돌을 제거한다라……."

"금전을 원하는 자에겐 적당한 타협점을 제시하고, 명예를 원하는 자에겐 명예를, 명분을 추구하는 자에겐 명분을 주지."

"왠지 전지전능하게 느껴지는데요."

"후후, 자네 같은 경운 수월하다고나 할까. 결과적으론 금전적 손해만 감수하면 되는 거니까."

"그렇군요."

왠지 심통이 나는 지오였다.

"한데 이 모두를 원하는 경운… 장담하기 어렵지."

"……!"

순간 그에게서 섬뜩한 한기가 느껴졌다.

"탐욕을 원하는 자를 채워줄 탐욕은 없으니까."

"흠."

“탐욕은 채워지지 않은 갈증에 스스로를 태우는 불이지.”

무수한 인간 군상의 명멸을 가까이서 지켜본 것이다.

인간의 욕망에 대해 달관했다고 할까.

그는 갑자기 뚫어지라 시오의 눈을 쳐다보았다. 위협적이지 않은 기이한 느낌의 눈빛이다.

“자네에겐 스스로를 태우는 불이 보이지 않는군. 역시 고약한 상대야. 제어하려 하면 더 뛰쳐나가는… 그런 성향을 가진 인간이야.”

“허허, 저를 너무 높이 보시는 거 아닙니까?”

“자네는 스스로를 과소평가하는군. 자네의 적들은 그렇지 않다는 걸 이젠 알아야 할 거야.”

“적? 적?!”

고개를 갸웃했다.

“스스로 생각해 보게. 내가 올 정도면 그에 준하는 조직에서도 신경을 쓸 것 같지 않은가?”

“허허, 왠지 거물이 된 느낌이라 기분이 좋아지네요.”

지오는 어깨를 으쓱했다.

하나 그가 한 경고를 깊이 새기진 않았다.

“적들은 자네를 죽이고 싶을 정도로 미워한다네.”

“그럴 리가요?!”

“옆의 도 이사의 경우도 내가 도착하자마자 자네를 차량 사고로 죽일 계획을 세워놓았으니 실행을 승인해 달라고 하더군."

"……."

상사의 폭로 아닌 폭로에 흠칫 놀란 도 이사가 유령 같은 움직임으로 사라져 버렸다.

지오는 등골을 타고 찬바람이 올라왔지만 씁쓸하게 웃었다. 나라도…….

그리고 그가 그냥 하는 경고가 아님을 그제야 실감했다.

확실히 지오가 살아 있어야 이익인 경우라면 그 정반대의 경우의 움직임 역시 있을 수 있음이다.

자신의 보이콧 공작으로 손해 보는 측은 많다. 하나 자신이 없어져야 이득인 경우는 적다. 그러면?

블랙 포리스트는 자신과 거래할 장치를 가지고 있어 거래가 이루어졌다. 하나 그런 장치를 가지지 못한 측의 반응은 지오 그 자신에 대한 직접적인 응징이리라.

…….

이거 재미있다.

근래 왠지 거슬리는 시선이 많아졌다는 느낌은 거짓이 아니었다.

자신의 감각이 여전하다는 증거도 되었다.

지오의 입가에 미소가 길게 걸렸다.

이를 보는 코웰의 눈 역시 웃고 있었다.

이것은 목숨을 걸고 유희를 즐기는 자들의 웃음이었다.

코웰은 컴팩트한 금속 상자 하나를 올려놓았다.

"?"

"팬으로서 기프트!"

지오는 상자를 열었다.

……!

서브머신건 세트였다.

묘한 기대감, 아니, 고양감이 지오를 찾아왔다.

機甲戰記
Massacre
기갑전기 매서커

　부처님은 대단한 이야기꾼이시다.

　나는 부처님이 말하신 이야기 중 이 이야기를 제일 좋아한
다.

　옛날 어떤 사람이 큰 광야를 나갔다가 미친 코끼리 한 마리
를 만났다. 그는 크게 놀라 뒤도 돌아보지 않고 도망치다 들
판 한가운데에 있는 옛 우물 아래로 뻗어 내려간 등나무 넝쿨
을 붙잡고 들어가 간신히 몸을 피했다. 그런데 그 속에는 네
마리의 독사와 무서운 독룡이 독기를 내뿜고 있었다.

　위에는 미친 코끼리가, 밑에는 용과 뱀이 함께 혀를 날름거
리니 오도 가도 못한 행인은 오직 하나의 생명선이라 할 수

있는 등나무 넝쿨에 몸을 꼭 붙이고 있는데, 어디선가 말발굽 소리가 들렸다. 이상히 여긴 행인은 그 소리를 경청하니 그것은 흰 쥐와 검정 쥐가 서로 번갈아가며 나무를 물어뜯는 소리였다. 멍하니 하늘을 바라보았는데 몇 마리의 꿀벌이 집을 짓느라 날고 있었다. 앉고 날 때마다 떨어지는 꿀 너덧 방울. 그것이 입에 닿았을 때, 모든 것을 다 잊어버리고 그것에만 도취되어 버렸다.

그동안 대지엔 난데없는 불이 일어나 태울 만한 모든 것을 다 태워 버렸다는 이야기다.

부처님이 빈두설경에 말씀하신 이야기다.

이야기만으론 도통 무슨 의미로 하신 말씀인지 가물가물하리라.

여기 기막힌 비유가 숨어 있다.

넓은 광야는 無明長夜(어두운 긴 밤).

어떤 사람은 생존 인간.

코끼리는 무상.

옛 우물은 생사.

나무뿌리는 명줄.

흰 쥐와 검정 쥐는 낮과 밤.

나무뿌리를 뜯는 것은 念念生滅(우주의 일체 사물이 시시각각으로 나고 죽고 하여 그치지 않는 일).

네 마리의 독사는 사대 색신.

독룡은 죽음.

벌은 삿된 생각.

너덧 방울의 꿀은 오욕.

불은 늙고 병드는 것에 대한 비유라는 것이다.

비유가 기막히지 않은가.

우리 인간이 끝없는 무명장야의 세상에 태어나 덧없는 세월의 불안 속에 위협을 당하면서 어지러워하는 인생을 기막힌 비유로 표현하신 것이 아니고 무엇이랴.

누구나 인간의 삶은 끝없는 세월 속을 여행하는 유람!

이 여행을 하다가 생사의 절벽에 바로 서서 깊이를 알 수 없는 깊은 못을 바라보며 무서운 죽음의 그림자가 시시각각으로 다가오는 것을 보게 됨을 상상해 보라.

…….

너무 심각했나?

그렇다. 심각하게 받아들일 필요는 없다.

소름 끼칠 정도로 위험한 운명에 놓여 있음에도 사람들이 4지 6신을 오욕의 쾌락에 깊숙이 묻고 미망으로부터 미망으로, 고뇌로부터 고뇌로 줄달음치고 있음은 우리 인간의 숙명 아니겠는가.

보통 인간인 우리가 어떻게 이 숙명에서 벗어날 수 있으랴.

단지 '우리에게 주어진 시간을 영원으로 바꾸는 길'을 스스로의 힘으로 찾아야 한다는 교훈만 상기하면 되는 것이다.

나의 고민은 이거다.

이 주어진 '짧은 시간을 영원으로 바꾸는 길'을 찾는 노력으로 과연 할 수 있는 것이 뭐가 있지?

일 초를 영원처럼 느낄 수 있도록 하는 것.

나에게 맞는, 범인이 할 수 있는 구도의 도구부터 찾아야 했다.

한데 어쩌지?

그런 마음은 찰나의 한순간.

나는 그저 놀고 있을 뿐인데.

아무튼 간혹 사람들은 죽음의 위기가 닥친 찰나의 짧은 순간에서 영원을 체험하기도 한다.

찰나의 한순간에 그간 살아온 세월을 주마등이 지나는 것 같이 모두 본다.

내가 그런 경우다.

일 초가 미분되어 제로에 가까이 다가갔던 순간!

내가 가상의 공간에서 살아갈 수 있도록 만들어준 체험이리라.

아참, 왜 뜬금없이 거창하게 부처님 이야기를 하는지 궁금할 것이다.

음, 지금 처한 상황이 우물에 빠진 나그네 같은 처지여서다.

완벽한 지형, 거리 좋음, 결정적으로 동료들까지 안전하다.
몬스터들을 몰살시킬 회심의 일격을 날릴 절호의 기회!
이것들아, 포인트를 다오!
마력을 튕겼다.
티릭, 틱.
잉?
"헉!!!"
숨이 막히는 고통이 엄습했다.
무지막지한 후폭풍이 대지를 강타했다.
콰광아아아아아아아아앙—! 우르르르르르—!
이럴 수가!
회심의 플라즈마 탄을 준비했건만 '뻑사리'가 나다
니……. 발사 순간 숨이 턱 막히는 '마력 역류'를 느꼈다.
왜?
하나 지금 그 원인을 찾을 길은 없다.
아득한 추락!
"으헉!!"
발밑이 허전한 불쾌한 느낌의 공중부양이 이럴까.
우르릉— 우수수수.
중력이 반전되는 나락의 느낌 뒤로 땅에 떨어지는 충격음
의 긴 여운이 골을 흔들었다.
한데 사지육신이 멀쩡하다.

"젠장, 땅이 꺼져 버리다니……."

아구구구! 데구구구구!

곳곳에서 신음이 울려 퍼졌다. 혼자만 떨어진 건 아니다. 지면 전체가 폭삭 주저앉으며 절묘한 단체 추락을 경험했다.

파티원의 생명력 바가 반 토막의 반으로 줄어들어 오렌지색으로 껌벅거렸다.

그 원인이 나임을 아무도 눈치채지 못하고 있다.

곳곳에서 회복 포션을 들이켜고 회복 마력을 부여하는 응급 작업으로 부산했다.

이야기 속 나그네야 자기 한 몸 걱정하면 되지만 지금 내가 처한 경우는 딸린 식구가 오죽 많은가.

게다가 이 추락의 원인은 분명 나다.

왜 마력이 역류한 거지?

지금 마력의 순환은 순조롭기만 하다.

의문을 불식시킬 만한 묘한 불길함이 느껴졌다.

"…어?"

그렇다. 나는 왜 이렇게 멀쩡한 거지?

오호, 게다가 이 나름 익숙한(?) 포근함의 정체는 무엇인고?

나는 천하장사 달팽이 아가씨가 짊어진 무식한 크기의 똥배낭 위로 떨어졌음을 알 수 있었다.

재수!

한데,

"…우우, 얼굴 좀 치워주세요."

"……?"

깜딱이야!!

"우우, 가슴이… 가슴이… 가슴이… 흑흑."

"호곡!!"

얼굴 가득 감싸는 이 푸근한 감촉의 정체는……. 뜨헉!!

쏘리. 무지막지하게 쏘리. 없던 일로 치세요. 제발—! 플리즈—!!

저, 부처님?! 이런 경우는 어떻게 해야 되죠?

나락에 떨어져 얼굴을 박아도 그(?)곳이라면…….

제가 구제불능인 거죠?!

역시 난 구도자의 삶을 탐구할 동량이 아닌 거야.

…….

원망 가득한 눈빛, 야릇한 침묵이 이어졌다.

워메~ 겁나 어색혀부러. 훌쩍거리는 우우를 모르는 척 외면할 수밖에 없다.

대신 신경에 거슬리는 모기 날갯짓 같은 중얼거림이 송곳처럼 파고들 뿐이었다.

"우우, 흑흑. 책임져. 책임지라고."

"흠, 흠."

이런 비상사태에 어쩔 수 없었다고욧?!

그리고 저는 입맞춤 상대만 취급합니다요.

얼굴에 두꺼운 철판을 깔 때다. 그래, 영주관에 정체불명 여인을 더 이상 들이면 안 돼?!

모른 척 하늘 위를 올려다보았다. 텅 빈 공간 위로 마치 우물 바닥에서 바라보는 둥근 하늘만 보였다.

아득한 높이다.

어— 하고 벌린 입으론 꿀 대신 금속 포자가 들어오는 것 같았다.

막 버섯지대를 벗어났다고 좋아했는데 그 끝에 이런 함정이 감추어져 있을 줄이야.

나에게 일어난 마력 역류가 거들었을 뿐이다.

마력 역류?

짐작되는 바는 있지만 확인하자니 난감한 과제다.

급히 지하 공간을 둘러보았다.

지상으로 올라갈 디딤돌로 이용할 돌출부는 보이지 않았다. 거미줄 같은 통로가 사방으로 뻗어 있을 뿐이다.

바로 이곳이 말미잘지네 몬스터들의 보금자리이리라.

곧 놈들이 들이닥칠 터.

어디로 가야 한단 말인가.

그때였다.

"책임져라. 나는 봤다."

"……!"

언제 왔는지 저주사(詛呪師) 큐브가 다리를 쩔뚝이며 다가오고 있었다.

특징없는 얼굴엔 심술궂은 미소가 입가에 잔뜩 걸려 있다.

괜히 멋쩍어하는 나와 울상인 우우를 번갈아 보며 눈을 빛냈다.

"나는 지난 일 초 전 네가 한 일을 알고 있다."

"…험, 험. 이동합시다. 이곳은 위험해요."

그래서 어쩌라고?!

이 누님까지 왜 나를 못 잡아먹어 같이 거드는 거야.

발작하려는데 머리 위로 굵은 돌 부스러기가 우수수 떨어져 내리는 게 아닌가.

"응? 헉!"

"……!!"

말미잘지네들이 천정에서 툭툭 떨어져 내렸다.

투우웅―!!

떨어진 충격을 이기지 못해 흐느적거리면서 촉수를 부르르 떨며 진저리를 쳤다.

충격의 여파가 가시면 곧 우리를 돌아보리라.

"뎌, 뎌, 뎌―!"

저기다!!

나는 무작정 은은한 우웃빛이 흘러나오는 동굴 방향을 잡고 달렸다.

　나머지 동굴에선 불길한 흑적색 빛이 강하게 밝아오는 것과 대비되는 곳이었다.

　내 뒤를 동료들이 어기적거리며 따랐다.

　그런 다급한 와중임에도 귓가에 맴도는 소리는 여전했다.

　"우우, 책임져라. 못된 놈아―!"

　이어 큐브가 야유하는 투로 외쳤다.

　"그래, 야이― 못된 놈아―!!"

　몰라, 몰라. 모른다고. 나는 그저 제 명에 살고 싶다능.

*　　　*　　　*

　동굴을 감싼 부드럽고 따듯한 우윳빛의 정체는 알 길 없다.

　하나 중요한 사실은 몬스터들이 추격을 중단했다는 것이다.

　우려스러운 점은 지상에서 멀어져 지하로 지하로만 향하고 있다는 점이다.

　달아날수록 지상과의 거리는 멀어져만 갔다.

　무려 세 시간!

　지금부터는 등 뒤의 실존하는 위험보다 눈앞에 닥쳐올 미지에 대한 공포가 점점 증가하고 있었다.

언제까지 무작정 우윳빛을 쫓아갈 것인가?

갈등이 머릿속을 가득 채우는 가운데 은은하게 인도하던 우윳빛이 강렬해지고 있음을 알 수 있었다.

꿀꺽 마른침을 억지로 삼켰다.

무려 세 시간 동안 구불구불 이동한 뒤에 변화가 왔다.

이곳으로 유도되고 있다는 알 수 없는 불안감에 걸음이 무거워졌다.

마력부터 점검했다. 풀로 채워진 상태.

그러나 결정적인 순간에 배신할 수 있다.

그릇된 상상에 등으로 식은땀이 흘렀다.

드디어 나를 향해 환한 백색 빛이 쏟아져 들어왔다.

주저하는 가운데 모두의 시선이 나를 향했다.

그런 시선에 떠밀려 강렬해지는 환한 빛 속으로 한 발 한 발 디뎌 동굴을 벗어났다.

……!

밀려오는 강열한 우윳빛에 눈이 쑤셔왔다. 하나 곧 시력을 회복해 눈앞을 바라볼 수 있었다.

"…우와—!"

백색의 액체로만 찰랑거리는 호수가 눈앞에 펼쳐져 있었다.

생명과 평화로움으로 충만한.

지금까지 길을 인도해 주던 우윳빛의 정체가 지하 호수였다니…….

나의 탄성을 듣고 동료들이 하나둘 도착했다.

전투를 기대하던 고양감이 무너지며 김빠진 정적이 있었다.

이어 기이한 장관에 다들 탄성을 지르며 우윳빛 호숫가로 발을 옮겼다.

다들 뭐에 홀린 듯 걸어갔다.

호수를 이루는 물질인 우윳빛 액체에선 위험과 불길함보단 충만한 생명의 가능성이 느껴졌다.

캐릭 가운데 나름 마력을 느끼는 메이지 지오가 느끼는 감각이니 믿어도 좋았다.

보스 몬스터가 버티고 있을 법한 공간이건만.

은은하게 찰랑거리는 우윳빛 액체의 유혹은 강렬했다.

마시고 싶다는 유혹보다 왠지 몸을 담그면 상쾌해질 것 같은 예감이 자연스럽게 일었다.

이는 나만의 느낌이 아니었다.

동료 중 몇몇이 호수 속으로 홀린 듯 들어가려 하는 게 아닌가.

순간, '이건 아닌데' 하는 생각이 뇌리를 스쳤다.

의도적으로 유도된 것이잖은가.

"잠깐! 정지!!"

"……."

막 이제 발을 담그기 직전에서 몇몇이 불편한 눈으로 멈추었다.

그리고 퍼뜩 정신을 차리며 크게 물러났다.

몇몇은 미련을 못 버리고 불만스러운 표정을 지어 보였다.

나는 배낭에서 팔뚝까지 올라오는 시료 채집용 장갑을 꺼냈다.

장갑을 낀 손으로 우윳빛 액체를 살짝 건드려 보았다.

물성을 파악하기 위한 명령어와 함께.

"아크 아티펙터 지오… 디텍티브!"

액체 특유의 느낌이 느껴지지 않는 기이한 느낌의 물질이다.

작은 파문이 호수 중앙을 향해 퍼져 갔다, 신호를 전달하듯.

띠잉─ 얇은 금속판이 떨리는 맑은 금속음이 울렸다.

> **금속수(金屬水)**
>
> "무기체에 생명을……."
>
> . 이슈타르인, 신의 영역에 도전하다.
>
> 이곳은 새로운 생명체를 만들겠다는 고대 이슈타르인들의 오만한 염원이 담긴 실험장.
>
> 금속수는 무생물인 금속에 생명을 부여하는 인공으로 만들어진 혼돈 물질. 지금까지 나타난 모든 금속충, 금속수, 돌연변이체의 원인입니다.

> 금속 호수 그 자체엔 유기 생물을 유혹하는 강력한 힘이 있습니다.
>
> 그렇습니다. 이 자리에 자리한… 당신!
>
> 결코 우연에 의해 이 자리에 온 게 아닌 것입니다.

이 평화로운 호수가 배후라니!

모든 과정이 허무했다. 단지 궁지에 몰아넣은 다음 홀린 것에 불과하다니.

후회해도 늦었다. 나머지를 읽어 나갔다.

> 금속수엔 살아 있는 유기 생물은 가까이해서는 안 됩니다. 어떤 변이를 일으킬지 그 누구도 제어할 수 없습니다.
>
> 금속수에 생명체 탄생의 단서를 제공하지 마십시오.
>
> 어떤 변이가 일어날지 장담할 수 없으니, 재앙은 당신의 책임입니다.

경고 아닌 경고에 나는 액체에서 급히 손을 뗐다.

그리고 내가 파악한 정보를 파티원들에게 급하게 날렸다.

"긴급! 정보 공유—!!"

파티원들은 정보창을 확인하자마자 호숫가에서 화들짝 놀라며 주르륵 물러났다.

그때였다.

"어어?!"

"앗!"

호숫가 백색 액체에서 놀라운 변화가 생겨나고 있었다. 바로 손끝이 닿은 곳에서 백색 액체들이 뭉글뭉글 뭉치듯이 형체를 만들어 나가는 것이었다. 타르 같은 기분 나쁜 액성이었다.

만들어지는 형상은 바로 '나' 였다.

하나 곧 파도에 휩쓸린 모래성처럼 형상은 형편없이 뭉개지며 호숫가로 잠겨들었다.

그리곤 다시 사람 형상을 만들어내더니 뭉개지기를 반복하는 게 아닌가.

나에게 무언가 갈구하는 듯한 표정을 지으며 다가오려 했지만 호수를 벗어날 순 없었다.

등을 타고 찬바람이 올라왔다.

그런 반복이 계속 이어지는 것을 우리 모두 숨죽이며 지켜보았다. 그렇게 인간인 나를 모방하려는 금속수의 시도는 종국엔 잔잔한 호수로 돌아가는 것으로 끝이 났다.

만약 내가 맨손으로 금속수에 손을 담갔다면?

금속인간이 탄생할 수 있었음이다. 아니면 기이한 돌연변이가 생겨날 수 있다.

게다가 불사의 유저인을 바탕으로……

한번 해봐?!

＊　　　＊　　　＊

금속 호숫가에 임시 캠프가 차려졌다.

고단한 몸을 누이고 호수가 아무리 유혹해도 멀리 떨어져서는 외면할 따름이었다.

그렇게 한숨 돌리고 호수 주변을 찬찬히 살필 수 있었다.

호수를 둘러싼 곳곳에 우리가 나온 것 같은 동굴이 산재해 있음을 알 수 있었다.

가브가브의 둥지나 말미잘지네 군락지와도 이어져 있고, 우리가 회피한 수많은 필드와 연결되어 있으리라.

결국 어떤 필드를 선택하여 배회하든 종착지는 이곳이라는 말이 아닌가.

우리와 갈라진 공장장들도 종국엔 이곳에 도착하리라는 것을 짐작할 수 있었다.

보스 몬스터가 없는 종착지? 있을 수 없다.

호수에 분명 또 다른 비밀이 감추어져 있을 것이다.

비밀의 시작은 이 금속수에 있을 게 뻔했다.

어디서 만들어진 것일까?

나는 문제의 금속수를 시료병에 옮겨 담았다.

이 혼돈 물질의 비밀을 푼다면?

메이지 지오 캐릭을 발전시킬 수 있는 결정적인 계기를 마련해 줄 것 같았다.

엔딩 퀘스트를 향한 대박 사건이지 않은가.

길쭉한 시료병 안에 우윳빛을 요요하게 뿌리는 물질이 찰랑거렸다. 역시 마력보다는 생명력이 충만한 물질이었다.

나의 행동에 다른 유저들도 나름의 방법으로 금속수를 옮겨 담기 시작했다.

그들도 유저로서의 나름 계산이 느껴졌다.

"…가격이 매겨지지 않는데……."

어느새 다가온 큰곰이 심퉁하게 중얼거렸다.

물성이 밝혀지지 않았으니 아무리 장사 캐릭이라도 가격을 매길 수 없다.

대부분의 유저들이 고개를 흔들고 있다.

"흐음."

나는 이곳에 오게 된 원인을 생각해 냈다. 갑작스러운 마력 역류.

나는 시료병에 마력을 짜냈다.

화앗─ 시료병을 쥔 손 안에서 은은한 빛이 퍼져 나갔다.

다행인지 마력 역류 없이 성공!

창랑거림이 사라진 시료병 안을 들어 보았다.

“이건!”

시료병 안은 우윳빛 대신 찬란한 빛을 뿌리는 금속 가루로 채워져 있었다.

오오!!

이미 주변 유저들의 시선을 끈 상태라 자연스러운 탄성이 터져 나왔다.

나는 급히 시료병을 깨뜨려 금속 가루를 확인했다.

태양의 파편, 황금!

Gold!!

곳곳에서 시료병에 마력을 주입하는 광경이 펼쳐졌다.

곧 안타까운 반응이 연발로 터져 나왔다.

“앗, 구리다!”

“헉! 납……!”

“헤헤, 나는 그나마 철이다.”

누구는 금이고 누구는 납이라니…….

저주사 큐브가 나에게서 시료병을 뺏다시피 해서 마력을 주입했다.

“어어.”

아니, 맡겨놓았어?

따질 사이도 없이 큐브의 손에서 은은한 검은 빛이 번져 나왔다.

역시 불길한 저주사다운 마력이로고.

아무튼 결과는?

"…홍!"

"……?"

"…실버라니, 불공평해."

실버, 은이었다.

한데 괜히 심퉁한 눈으로 나를 노려보는 게 아닌가.

아니, 눈앞에 있어도 존재감조차 없는 것이?!

상황이 복불복인데 어쩌라고?

"우우, 나도, 나도. 시료병 좀 주세요."

아니 이것들이, 물건 맡겨놨어?!

발악하려다 두 손 모아 공손히 건네주었다.

"우우님께 특대의 행운이 함께하길 기원합니다."

"우우……."

그러니까, 이것으로 책임지라는 말은 제발 삼가주시길.

특유의 커다란 눈엔 나만 한가득이었다.

…아, 제발 나를 좋아하지 말라니까. 그냥 미워하세요!

아니, 저를 버리세요?!!

마음속 발악을 비웃듯이…….

화라라랏—!

우우의 손에서 무지갯빛이 퍼져 나왔다.

호오, 누구와 달리 제법 아름다운 마력의 소유자시군요.

결과는?

시료병 안엔 무지갯빛을 뿌리는 금속 가루로 가득 차 있었다.

……!!

주위의 숨소리마저 죽어 고요하게 변했다.

그렇다. 마법 금속이었다.

모든 메이지, 아니, 아티펙터가 바라는 궁극의 금속!

강철거인의 신경 물질이기도 하다.

그 가치는 황금에 비할 바가 아니지.

저, 우우님, 저랑 이제부터 진지하게 지내실래요?

비굴한 요청이 입 밖으로 튀어나올 뻔했다.

그만큼 필요한 귀물이었다.

하나 지은 죄가 있고 이미 쌓여 있는 업보도 하늘같아 금붕어처럼 입만 벙긋거릴 뿐.

한데,

"우우, 이거 예뻐 보이긴 한데… 지오님 드릴게요. 바늘 만 들어주세요."

"…에."

우우는 내게 귀찮다는 듯 시료병을 넘겨 버리는 게 아닌가.

다들 경악한 시선에서 곧 시기, 질투, 질시의 눈으로 나를 쏘아보기 시작했다.

그 자체로 바늘이 되어 콕콕 박혔다.

우우의 본능은, 판단은 옳았다. 이는 이성의 끌림이 아니다.

우우의 본능은 강자로서, 보호자로 나를 택한 것이었다.

"끄응. 황금이 되어라. 황금이 되어라―!"

누군가의 간절한 주문이 읊어졌다.

바로 큰곰이 시료병에 마력을 주입하고 있었다.

큰곰이의 캐릭은 메이지지만 장사와 관련된 물체의 무게
와 부피에 특화된 중량사(重量師)다.

참고로 방금 이적을 일으킨 우우도 중량사 계열이다.

반면 힘이 장사다!

여하튼 큰곰의 간절히 두 손 모은 시료병에서 찬란한 빛이
퍼졌다.

오, 빛은 눈이 부실 정도로 강렬하다.

자연 모두 기대의 눈으로 큰곰의 손이 펼쳐지기를 기다렸
다.

두구두구― 둥!

시료병이 공개되었다. 누런색은 누런색인데 탁한 무언가
가 턱하니 버티고 있다.

그림이 그리 아름답지 않다.

맥 빠진 정적!

큰곰은 절망적인 동작으로 시료병을 땅에 떨어뜨렸다. 그
리고 모두의 시선에서 몸을 돌려 달아나 버렸다.

"이건 차별이야. 이럴 순 없어! 왜 나만… 으헝―!"

캠프 텐트 안에서 울분에 찬 울음이 울려 퍼졌다.

쓰읍, 괜히 미안하게시리.

금속수의 변환은 황토였다.

그냥 흙!

…야동 좀 줄이지.

그렇다. 그의 좌절은 다 이유있는 좌절이었다.

평소 황금에 대한 갈망과 갈증이 가상에 나의 이적을 만든 것이 아니고 무엇이랴.

큰곰은 분명 뜨거운 여체를 상상했으리라. 우리 인간, 반드시 흙으로 돌아가는 숙명의 존재가 아니던가.

나는 즉시 확인 차 다시금 남은 시료병에 마력을 주입했다.

다시 수많은 긴장된 시선이 내게 쏠렸다.

태양과 같은 강렬한 빛이 시료병 속에서 터져 나왔다.

변함없이… 여보란 듯…….

Gold!!

이 몸을 경배하라! 마이더스의 재림을!

Act 01
저주받은 저주

機甲戰記
Massacre
기갑전기 매서커

　지상으로 나갈 방법을 찾아야 하는 것인데, 파티를 나누어 유력한 공동을 찾도록 했다.

　호숫가에 산재한 공동은 가지가지였다.

　개미 굴 크기부터 거대 공룡이 오고 갈 정도의 규모까지 다양했다.

　갑자기 의문 하나가 들었다.

　이곳이 고대 이슈타르의 유적이라고 했는데 어째서 사람의 자취가 없는 거지?

　호수가 내려다보일 위치를 찾자마자 올라갔다.

　손을 댔을 때 파동은 호수 중앙을 향해 내달리듯 달려갔음을 상기했다. 마치 신호를 보내는 것 같았다.

"파인 뷰!"

역시 마법사가 좋은 점은 도구 없이도 사물의 특성을 파악하기 쉽다는 점이다.

시선 가득 호수 중앙이 당겨왔다.

……!

역시 특이점이 발견되었다.

탑이었다. 유백색의 오벨리스크가 있었다.

호숫가에서도 보일 정도로 거대한 규모건만 빛이 만든 착시현상에 볼 수 없었던 것이다.

그리고 이 오벨리스크를 받치고 있는 원반형 구조물이 있음을 알 수 있었다.

저곳이 이번 원정의 최종 목적지임을 직감했다.

"할 만큼 했으니 여기서 그만두죠."

파티원 중 둥근 안경테에 신경질적으로 입매가 말린 유저가 말했다. 그는 어디 가서도 환영 받지 못하는 전형적인 위인이었다.

공장들에게 돈값을 하라고 툴툴거려 미운털이 박힐 대로 박힌 그는 기존 공장들에서 버림받아 마지못해 우리 파티를 따라와야만 했다.

한데 그를 중심으로 고개를 끄덕이며 동조하는 무리가 몰려 있었다.

여하튼 숨 좀 돌리기만 하면 꼭 파당을 지어요.

"그래요. 시간낭비예요. 지쳤어요."

"운영팀에 캐릭터 고립 신고하고 패널티 감수합시다."

역시 원정이 너무 길어진 게 원인이었다.

그리고 눈앞에 황당한 몰골의 배가 이들의 불신을 부채질했음이다. 호수에서 분리된 금속수는 하루만에 액성을 잃고 굳어버렸다. 호수에 담그자 굳어진 금속체를 호수는 밀어내며 거부했다.

이 점을 파악하자마자 금속수를 이용한 배 만들기에 돌입하였다. 파티원들이 가진 재료를 각출해 주물럭주물럭 배를 만들어냈다.

배는 배인데 전혀 배같이 보이지 않는, 쭈그러진 물통이 연상되는 기이한 형태의 배가 탄생했으니 미덥지 않은 것이다.

나도 그렇다.

만든 이가 좌절쟁이 큰곰이었으니, 해군에 복무했다는 이유만으로 그가 건조를 주도했다.

그 큰곰은 어디에 숨고 없다.

한숨을 길게 내쉰 다음 손을 들어 시선을 모았다.

책임감이 나를 짓누르고 있었다.

뒤죽박죽 무리를 이끄는 이런 기분, 오랜만이었다. 무리의 추구점이 항복이냐 포기냐의 차이일 뿐,

"아시다시피 맵상 안개에 가린 지역은 그렇게 넓지 않습니다. 그럼에도 우리는 수많은 필드를 본의 아니게 전전했습니다."

"……"

다들 고개를 끄덕이며 수긍했다. 손바닥만 하기에 다들 쉽게 생각하고 참가를 결정했다.

"제 짐작은 이렇습니다. 어떤 필드를 거치더라도 우리는 이곳에 올 수밖에 없도록 필드 전체가 미로처럼 설계되어 있다는 것이죠."

어때? 설득력 있지?

아싸, 말발 서는구나.

"여기서 우리의 선택은 둘! 포기해 우리의 유기체적 정보를 금속 호수에 전달하든지… 아니면 유적의 비밀을 풀어 바미안으로 가는 길을 찾는 것입니다."

싸늘한 정적.

다들 미심쩍은 눈으로 배를 쳐다보았다.

저걸 타고 호수를 가다 가라앉으면 고스란히 금속 호수에 정보를 상납할 수 있는 상황이 그려져서이리라.

"하하, 알겠습니다. 물론 제가 타겠습니다. 하하핫!"

이 웃음은 믿음이 결여된 웃음이었다.

잠수함이 되려다 만 배를 보고 있노라니 식은땀이 흘렀다.

저걸 타야 하다니……. 나의 삶은 영원히 몰모트적 삶인가.

하나 어쩌랴, 이것이 나의 운명인 것을.

큰곰, 어디 간 거야—?!

그렇게 갸륵한 희생자가 선택되자 여기까지 왔으니 유적부터 확인해 보자는 의견이 다수를 이루었다.

간사한 것들.

나를 따르는 파티원들만 선발대로 따라왔다. 나름 최정예다.

하나 최악이다!

최악의 비주얼, 최악의 성능, 최악의 승차감, 최악의 승무원, 배와 관련된 모든 것이 최악이었다.

나는 인간 모터 엔진, 아니 인간 동력 그 자체.

"헉헉!"

간신히 마법으로 인공적인 바람을 만들어 잠수함이 되려다 만 배를 조종해 유적지대에 닿을 수 있었다.

"지오, 파이팅! 나의 저렴한 마력이 도움이 될 것 같진 않군."

어디서 구해온 17세기 선장 모자를 착용한 큰곰이었다.

말을 안 하면 밉지나 않지.

그리고 나머지 파티원들은 유유자적 유람 분위기를 만끽하고 있다.

우우, 큐브, 작은곰과 딴청 부리는 도라에몽 일당.

“우우, 와! 지오님, 대단해요. 좀 더 빨리 가면 좋겠다능.”

어떻게 저렇게 눈치가 없을 수 있단 말인가.

“마력이 저급한 저주사라 한팔 거들지 못해 면목없소이다 그려.”

전혀 죄송하게 들리지 않는 큐브의 립 서비스다.

순수 마력이 나보다 단단해 보이는데 말이다.

“그래서 말인데, 이번에도 매도 타이밍을 놓친 것 같아요.”

“저런저런, 원정대에 참가해서 손해가 막심해요.”

“철궤 시세가 당분간 보합이겠죠?”

“그렇지 않을까요?”

작은곰이와 도라에몽 일당은 딴 나라 이야기다.

으! 끓는다, 끓어!

마이더스 손을 가진 내가 참아야 하느니.

그런 거다. 다들 그게 고까운 거야.

하나 지금은 격노할 기력조차 없다는 것.

일단 나름 믿을 수 있는 사람들과 함께 있으니 궁금증부터 해결해야겠다.

“큐브님? 상담 좀 합시다.”

“응? 예.”

예의 심퉁하고 평범한 얼굴의 큐브가 다가왔다.

검은 로브에 황금색 줄이 들어가 있다. 아무나 걸칠 수 있는 아이템이 아니다.

그렇다. 뭐니 뭐니 해도 이 배에서 나 이상으로 마력이 풍부한 인물이리라.

그녀에게 우선 나의 상태를 조용한 목소리로 낮게 말했다. 사람에 따라 위협적으로 들릴 수 있는 톤이다.

절대 겁박 수준이 아니다. 그렇게 들리길 바랄 뿐.

"…마력이 결정적인 순간에 발동이 안 되었습니다. 그건 분명 마력 역류 현상이었습니다. 지금처럼 평소엔 문제없는 걸 어떻게 설명할 수 있죠?"

"헤헤, 헤헷. 몰라요."

뭔가 야료가 있음을 암시하는 어색한 웃음을 흘렸다.

당당하게 내 눈을 바라보지 못하고 있다.

그래? 바른말 안 해?! 좋아!

낮게 깐 음색으로 위협적으로 몰아붙였다.

"큐브님?!"

"네, 모른다니까요."

"좋아요. 마력 역류는 그렇다 쳐요. 그런데 말이죠, 나에게 일어나는 생체 스파크는 어떻게 된 거죠? 분명 이건 제 주변에 있는 여성 유저에게 벌어져야 할 현상 같은데 말입니다."

"……."

그렇다. 스파크가 내 몸에 수시로 발생하고 있다.

견딜 수 있는 수준이지만 찌릿찌릿 갑자기 일어나는 현상에 깜짝깜짝 놀라는 게 문제다.

"큐브님?"

"…몰라요."

고개를 휙 돌려 질문을 외면했다.

"좋아요. 그럼 배를 뒤집어 버리겠습니다. 지금 당장!"

"어마!"

뾰족한 비명을 토해 시선이 모아졌다.

나의 심상치 않은 분위기에 오히려 큐브에게 의문의 눈빛이 몰렸다.

왜 저 순돌이를 화나게 했냐는.

무시하고 배 같지도 않은 배가 좌우로 요동치게 만들었다.

"앗!!"

다들 경악에 찬 눈으로 나를 바라보았다.

그렇게 같이 죽자는 각오가 전달되었나.

"…잠깐. 말할게요. 멈춰요."

큐브는 고개를 숙이고 울먹이기 시작했다.

역시 짐작은 맞았어. 원흉은 큐브였어.

"궁금했어요."

"뭐가요?"

"저주를 그렇게 당하고도 멀쩡한 게요."

"끙."

당연하잖은가. 저주의 대상은 내가 아니다. 나에게 접근하는 여성들이 대상이니까.

“저주사로서 탐구욕이 발동할 수밖에 없었어요. 저도 약간의 저주를 걸어 상태를 점검해 봐야겠다고 생각했어요. 얼마나 버티는가죠.”

“이익.”

내가 몰모트냐?!

그럼에도 떨어지지 않는 눈치없는 우우가 더 이상한 거잖아.

나 말고 우우를 연구하라고—!!

“변비나 만성피로증후군, 거식증 등 아주 아주 미약한 저주를 실험적으로 걸었어요. 이후 좀 더 강도 높은 걸 걸었고요.”

“……”

이 변태녀!!

거품이 올라왔다.

꼬록꼬록. 그게 어디 미약한 저주야!

파티원 대부분이 큐브에게서 썰물 빠지듯이 물러났다.

“그런데 기존 저주들이 제가 건 저주에 저항하기 시작했어요. 저주와 저주가 충돌하고 중첩되면서… 결국 지오님의 마력 발현에 이상이 생겨 버렸어요. 흐흑, 죄송해요.”

“으으……”

어쩐지 내 주위를 맴돌더라.

그저 내 매력에 취한 또 한 명의 여성 신도인 줄로만 알았지 뭐야.

야이 변태야, 나를 연구할 게 아니고 우우를 연구해야지—!

내가 미쳐. 일단 화는 삭이고, 삭이고.

마력 역류 현상은 설명이 되는군.

"허헛, 좋습니다. 호기심으로 시작한 일이니 큐브님이 건 저주부터 풀어보시죠."

"그게요… 시도는 했는데 몽땅 꼬여 버렸어요. 늦었어요."

"……."

"게다가 저주를 건 당사자들이 지오님이 안 시점부터 제사를 강화했어요."

"잉?"

"엄청난 제물을 사용한 제사를 네 사람이 동시다발적으로 지냈다고욧. 내 잘못도 있지만… 이 네 사람이 더 문제예요."

"……."

어쩐지 그녀들이 영주관에서 보이지 않는다 했다.

흩어져서 제사를 지내고 있음이다.

그렇군. 그녀들이 이제 직접적으로 내게 저주를 걸고 있음이다.

이로써 내게 벌어지는 생체 스파크 현상의 원인도 파악했다.

"해결책은?"

"그게요… 저주를 풀려면 저주를 건 당사자들이 한자리에 모여야 가능해요."

"……!"

미쳤냐?! 누구 죽는 꼴 보고 싶어?!

나 화 났다! 실현 가능한 해결책을 내놓으라고!!

죽일 듯이 노려보자,

"…다른 방법도 있어요. 저주 전이 마법진을 만들어 저주를 다른 대상에 옮기는 수가 있어요."

"……."

나도 안다. 공부 좀 했다.

말이 쉽지 마법진도 마법진의 규모지만 투입될 메이지의 수가 장난이 아니다.

즉, 제사 규모가 특대의 국가 급이라는 것이다.

내가 그 돈 있으면 게임을 왜 해?!

캐릭 지우는 게 해답이다.

절망, 절망, 깊은 절망!

역시 도라에몽의 충고가 맞았다, 큐브와 엮어서 캐릭 지운 유저가 대부분이라는..

나는 거부할 수 없는 강렬한 눈빛을 발사하며 낮게 으르렁거렸다.

"큐브님, 제가 큐브님 덕에 만성피로를 느끼고 있는 것 같습니다. 배를 부탁합니다."

"에? 흐흑… 아앙!"

울어도 소용없다. 냉정히 외면했다.

나, 상처 받았다. 무지.

우주의 질서여, 불운과 불행의 파장도 모자란단 말인가?

서우의 파상까지 나를 사랑하고 있다 하니 제정신을 차릴 수 없다.

게다가 주변엔 정상인이 드물다.

반전을 노릴 적립한 포인트도 이제 없다.

후회막급이다.

가상의 포인트를 전부 금전운, 연애운, 출세운에 부여해야 했다.

그런 스탯은 애당초 없다고?!

안다. 그런 개념이 있다고 믿고 싶은 반항이다.

들이쉬는 공기 속에서 충만한 마이너스 에너지가 느껴졌다.

다들 내 주변에서 물러나 배 가장자리에 불안하게 자리 잡았다.

으흐흐 하며 실성한 듯한 괴소가 절로 흘러나왔다.

나는 손가락으로 큐브를 가리켰다.

"히힝."

풀이 죽은 큐브가 마지못해 배를 맡았다.

순간 배가 크게 출렁였지만 목적지를 향해 나아가기 시작했다.

나는 구도승처럼 눈을 감았다.
더 이상 못 참아!
캐릭 체인지—!

미요, 치리, 녹색이, 실비!
다 나와—!
야이, 구제불능 마녀들아!!

영주관 천장 높이 나의 절규가 구슬프게 울려 퍼졌다.
그런 허무한 숨바꼭질이 있었다.

*   *   *

나는 금방 불평없고 겸손한 고뇌를 가득 짊어진 우수 가득
한 메이지 지오로 돌아왔다. 불쌍한 바람둥이 같으니라고.
으득, 마녀들이여—!
내 반드시 여친 드랍을 성공시켜 보일 테다.
아차차! 냉정, 냉정, 또 냉정.
모험이 먼저! 유적에 집중했다.
오벨리스크의 규모는 쿠푸왕의 피라미드가 연상될 정도로
웅장한 규모로 호숫가에서 하얀 점으로도 보이지 않았다는
게 믿기지 않을 정도다.

아리한 안개와 표면 재질이 우윳빛 유리와 흡사해 완벽하게 그 존재를 동화시킬 수 있었다.

웅장함에 도취될 겨를 없이 오벨리스크의 표면을 장식한 문양과 문장의 형이상학적인 모양에 감탄을 연발해야 했다.

라면 부스러기처럼 널려져 있어도 분명 한글은 한글이었다.

"…이건 분명 마법식이다!"

"우와, 주문도 있다."

"이 정도 마법진의 구성도라면……."

같은 면을 보아도 각 클래스의 상식에 따라 받아들이는 점이 다르다.

그리고 문양과 문장은 시시각각 그 모양과 모습을 바꾸었다.

실시간으로 변화하는 거대한 전광판 같아 기록하고 머리에 기억하기엔 턱없이 부족한 시간이었다.

도취된 시선은 곧 거두어졌다.

이 거대한 구조물 전체를 둘러보아도 출입구처럼 생긴 장소는 없었다.

기분 나쁠 정도의 매끈함이었다.

파티원 가운데 한 명이 기둥에 손을 조심스럽게 가져다 댔다.

변화를 기대했는데 아무런 일도 일어나지 않았다.

허탈했다.

그때였다. 수많은 기척이 감지되었다.

"공장들이다!"

반대편을 살피던 파티원이 외치며 달려왔다.

……!

곧 무수한 인기척이 나타났다.

야비한 인상의 여우 머리부터 우락부락 송충이눈썹 달마까지, 내로라하는 공장장들 전부 있었다. 선발대로 보이는 규모였다.

우리의 존재를 확인하고는 놀라는 얼굴을 감추지 않았다.

몇몇은 미안함을 감추려는 듯 시선을 돌렸다.

아무튼 그들도 돌고 돌아 결국 이곳에 도착한 것이다.

원수는 외나무, 아니, 유적에서 만난다더니…….

짜증나고 화났지만 소가 소 본 듯 외면했다.

어쩔 것이랴. 충돌해 보았자 바미안으로 가는 길만 멀어질 게 뻔하니.

어이, 큐브. 저치들한테나 저주를 걸어보지.

불량스러운 눈으로 의사를 전하니 큐브는 주저앉은 상태에서 고개를 흔들었다.

원망 가득한 눈은 말하고 있다. 마력 고갈 상태로 어쩌라고 하며.

쩝. 여하튼 틈만 있으면 저주를 걸 수 있다는 말이군.

아무튼 맡기겠어.

특히 저 둘에게 특대의 치질을 선사하라고.

아냐, 아냐. 성인답게. 그래, 성인답게 발기부진으로 정정.

큐브는 눈을 두 번 껌벅이는 것으로 승낙했다.

눈에선 일명 '사사파(死死波)'가 넘실거렸다.

그, 그게 가능해? 가능한 거야?

조, 좋아, 그런 독기야!

설마 나한테 그런 걸 실험하진 않았겠지.

헤헤, 큐브를 더 괴롭힐까 생각했는데 관둬야겠다.

급 비굴 모드로 전환, 큐브에게서 발산되는 사기를 외면했다.

그렇게 서로를 외면한 상태에서 그들 역시 상아빛 오벨리스크의 크기와 규모에 압도당한 모습을 보이더니 곧 우리처럼 오벨리스크를 만지며 탐색을 시작했다.

우리처럼 그들도 곧 난감함을 드러냈다.

그러는 동안 양측은 나머지 동료들을 유적 지대에 경쟁적으로 도착시키기 시작했다.

나 역시 몇 번을 오가며 호숫가 동료들을 옮겨다 놓았다.

사실은 큐브를 피해서라는 게 맞을 것이다.

여하튼 그렇게 양측 유저 전부 오벨리스크 유적에 모이고 말았다.

양측 유저 사이에 서먹한 기류가 흘렀다.

버린 자, 버려진 자 사이의 감정의 골은 깊다.

처음엔 소가 소 본 듯 서로 모른 척하더니 사람들이 늘어날수록 냉랭한 분위가 팽배해졌다.

묵은 감정이 어디 가겠는가.

결국 몇몇 유저들 사이에 욕설이 오갔다.

"버리고 갔으면 잘 살던가?! 고작 남은 수가 그 정도야?"

"누가 버렸다는 거야?! 선택받지 못한 떨거지 주제에!"

처음 출발 당시엔 의좋은 파티원이었는데 결국 원정대가 갈린 게 다툼의 원인이 되고 있었다.

"뭐?! 떨거지? 말 다 했어?! 돈으로 선택받은 게 아주 자랑이다, 자랑!! 그냥 돈 지랄을 해라, 해!"

"익!"

"돈을 써도 잘 쓰던지. 해놓은 꼴 하고는."

"으윽!"

그랬다. 공장 인원은 반 이상 준 상태였다.

그 때문인가. 우리 측 인원이 늘어날수록 주눅들어함이 역력하게 느껴졌다.

언쟁이 깊어질수록 공장들의 난감함이 역력했다.

기세등등한 쪽은 단연 우리 쪽이었다.

누가 이들을 영도했던가.

바로 이 몸이 지반 함몰을 유도해 지름길로 무사히 인도했기 때문이 아니던가.

어허?! 내가 하면 우연도 필연이라니까.

바로 이런 거지.

그렇게 믿고 있다는 게 중요한 거지. 암.

그런 가운데 둥근 테 안경의 유저가 내게 다가와 심통한 투로 말했다.

"저들과 다시 뭉치기 위해 유적에 모인 건 아니잖습니까?"

"……."

일단 친구 목록에서 퇴출, 요주의 인물에 등록.

"지금부터 계획이 뭡니까?"

"다시 힘을 합칠 생각은 없어요. 이곳이 필드의 종착점이라는 증거겠죠."

거참, 짜증나게시리.

"그럼 유적을 열 방법이 있습니까?"

"그건……."

에라이, 병 맛, 똥 맛 같으니?!

좀 기다려 보라고. 찬찬히 살필 기회가 없었거든?!

뭐가 그리 불만이야? 확 받아버려?

안경에 눌려 벌름거리는 콧구멍을 확 쑤셔 버리려는데 짧은 비명이 들려왔다.

"앗! 섬이 가라앉고 있다!"

경고성이 터지자마자 안경테는 놀란 얼굴로 비명이 터진 곳으로 달려가 버렸다.

거참, 편한 인생이군.

"진짜야. 섬 면적이 점점 줄어들고 있어."

"이런 곳에 왜 온 거야?!"

모두 다 유적지대로 조금씩 침범해 들어오는 금속 호수를 보고 발을 동동 굴리기 시작했다.

제길, 이놈의 E&T는 업 된 기분을 절대 용납을 안 해요.

에혀.

호숫가로 사람들이 몰리자 오벨리스크 주변은 조용해졌다.

그제야 오벨리스크를 찬찬히 살필 수 있었다.

상아빛 유리 벽면을 쓰다듬어 보았다.

쯔응—

기이한 울림이 손바닥을 타고 들어왔다.

약간 전기가 통하는 느낌에 급히 가져간 손을 거두었다.

쓰다듬은 부분을 따라 파문이 퍼져 나갔다. 이어 검은 공간이 생겨났다 사라지는 것이 아닌가.

그렇다. 오벨리스크는 나에게 반응했다.

손바닥을 가져다 댔다.

징!!

으잉? 거인의 연옥이라니?

경고란에 집중했다.

이런이런, 더 이상의 정보는 주지 않는군.

등 뒤로 뾰족한 비명이 연이어 울리고 있다.

급하다, 급해.

경고란이 이지러져 무슨 말인지 파악할 수 없어도 금속 호수에 잠겨 익사할 순 없잖은가.

마력을 부여하자 손바닥을 중심으로 검은 공간이 문짝 크기만큼 만들어졌다.

다행히 마력 역류는 없었다. 더불어 뜬금없는 생체 스파크 현상도.

결국 이 몸을 위해 준비한 이벤트라는 말.

불안감이 엄습했다.

하나 배에 힘을 불어 넣었다.

나만 몰모트가 될 순 없지.

"여러분, 모두 오벨리스크가 열렸습니다. 천천히 들어가 주십시오—!"

물론 그림처럼 친절 상냥한 얼굴일 테지.

발을 동동 구르던 유저들의 시선이 뜨악하며 돌아왔다.

와—!! 자연스럽게 환성이 울리며 우르르 몰려왔다.

문제의 안경은 고개를 갸웃하며 힐끔거리더니 의심의 눈을 거두지 않았다.

속고만 산 것이다. 아님 속이고만 살았던지.

여하튼 나는 공장들과 공장을 맡은 파티원까지 가리지 않고 유적 안으로 들여보냈다.

그들은 고마움 0.3퍼센트, 의심 99.7퍼센트 섞인 눈으로 나를 지니쳤다.

왜 그렇게 마음이 넓으냐고?

어허?! 협의지도를 걷는 후기지수로서 당연한 배려 아니겠는가.

아닌 것 같다고?

그래, 나의 배려는 나름 계산에 의해서다.

곧 보스 몬스터가 등장할 게 뻔하다. 나올 때가 됐다.

300명이 넘던 대규모 원정대는 지금 반 토막이 된 상태다.

이도 대지원정대에서 균열원정대가 되었다.

냉정하게 나 혼자는 버겁다.

우연을 만든 마력 역류도 심상치 않고 뜬금없는 '생체 스파크'가 발생해 나를 괴롭히고 있다.

내가 움직이는 재앙이 될 수 있다. 묻어가야 할 처지란 말이지.

솔직하게 말하라고? 무슨 꿍꿍이냐고?

헤헤헤.

소협 지오가 대인배가 될 수 있는 결정적인 요소가 저들에게 있잖은가.

바로 미래의 아이돌, 여섯 명의 꼬마 숙녀!

얼핏 들으니 '율동시대'란다.

이들이 아직도 무사하다.

매니저들은 이동 과정에 전부 죽었는지 그녀들만 비 맞은 참새처럼 옹기종기 모여 있다. 공장들이 그다지 이들을 돌봐주는 것 같지 않다.

우우는 그녀들의 고용인임에도 버림받은 기분을 털어버리지 못해 이들을 외면하고 있다.

그래서인지 소녀들은 화려한 의상은 온데간데없고 허름한 로브를 걸친 꾀죄죄한 상태가 되어 풀어 죽어 있다.

그렇다. 이 꼬마들이 무슨 죄인가.

가여운 것들. 내가 너희들의 어미 새가 되어주마.

이 여섯 명의 존재만큼은 재수없는 공장들보다 가치있다고 생각한다.

수컷의 시커먼 속을 확인했으니 됐지?

됐다고?!

더 솔직하게 말하라고?

님들, 나에 대해 너무 잘 아는데?

작은곰이 율동시대 소속사랑 거래를 틔었다. 공장들 몰래 말이다.

물론 그쪽에서 먼저 제안해 왔다. 이들을 공장 몰래 보호하기로 말이다. 그 흔한 이중 계약이지.

후후, 한 명당 얼마더라?

그렇다. 이것이 비즈니스 지오의 실체!

므하하핫!! 인생 뭐 그런 거다.

그래서인가. 여섯 명이나 되는 미래의 아이돌이 나를 바라보는 시선이 장난이 아니다.

지금처럼 '오빠, 매번 감사합니다' 하고 깍듯하게 허리 인사를 하고 지나갔다.

속사정도 모르는 휘둥그레진 시선들이 따랐다.

"…나도 있는데."

큰곰이 시선을 끌려고 나섰지만 소녀들에게 냉큼 무시당했다.

게다가 몇몇은 '엄마야—!!' 하고 비명을 지르기까지.

나는 급 좌절한 큰곰을 위로하며 유적 안으로 들어섰다.

형, 괜찮아? 형에게 내가… 아니, 야동이 있잖아.

야동 혼으로 삶을 불태우는 거야.

인정? OK!

Act 02
거인의 연옥

機甲戰記
Massacre
기갑전기 매서커

……!

아, 제길! 그랜드 퀘스트 자체가 생존 퀘스트란 말이 아닌가.

장장 필드에서 10일간 버티기라니.

하긴 그동안 어중이떠중이는 다 떨어져 나갔지.

가브가브, 도주, 지반 침하, 동굴 이동, 지하 호수, 호수 유적, 그리고 유적 내부…….

끈기의 시험이었던 것이다.

나름의 감상이 나올 만하건만 유저들의 숨소리만 들릴 뿐이다.

내부는 암흑이었다.

모험가들의 필수 도구인 마법 등을 앞세워 내부를 밝혔다. 유적은 사람이 만든 구조물답게 이동에 문제는 없었다.

천장은 높다. 강철거인이 걸어 다닐 정도.

이 터무니없는 높이로 공간 전체가 쾌적하게 느껴졌다.

단지 벽면이 촛농이 흐른 것처럼 거칠면서도 부드럽다는 것이 이질감의 전부였다.

그리고 통로를 따라 허무하게 텅텅 빈 방들이 계속 이어지고 있었다.

값나가는, 그리고 무언가 기념이 될 것 같은 아이템은 전혀 없다.

그렇다고 오래전에 ‘약탈러’들이 쓸고 지나간 것 같지도 않다. 입주를 기다리는 텅 빈 아파트의 썰렁한 느낌이 이러리라.

비워진 공간에 대한 묘한 기대감으로 벽면을 쓰다듬는데,

“우우, 분양하면 제법 돈 될 것 같은데? 권리 관계 분석부

터 해야 되는데, 소유권자가 누구죠?"

"크으, 제발 인기척 좀 내고 다니세요."

"우우, 미안해요. 다들 알아채는데 지오님만 모른다능."

"끙, 아무튼 현재 이 유적의 소유자는……."

"……?"

"접니다."

모두의 시선이 쏠리는 게 느껴졌다.

왜? 아닐까 봐?! 그럼 나 없이 어떻게 들어올 수 있는지 생각해 보든지. 고로 내가 임자지.

의심의 시선이 화살이 되어 등짝에 파고들었다.

흥! 침 발랐다. 건들이지 마라.

"우우, 제가 분양해 드릴까요? 제가 책임지고 팔아드릴게요."

"직업정신을 발휘하는 건 좋은데요, 이 오지의 건물을 뭐라고 분양하게요?"

"우우, 산사같이 조용한 오지의 공간, 가상의 고시 전당!"

"……."

진심이구나.

"우우, 게이트만 뚫어주세요. 제가 알아서 할게요."

"끙."

여기서 막혔다.

이동 게이트를 활성화시키지 않으면 아무 소용 없다.

당연히 나는 아직 게이트 활성 권한이 생성되지 않은 상태
다.

즉, 게이트를 뚫는 자가 있다면 누구나 이 구조물의 주인이
될 수 있다는 이야기다. 물론 내가 제일 유력하긴 하지만 결
과는 알 수 없다.

이를 눈치챘는지 공장들 몇몇이 콧방귀를 뀌며 눈빛을 빛
냈다.

아쭈?! 무슨 깜냥으로 이 지오님이 침 바른 물건을 넘겨
봐?!

전부 다 기억했어.

유적 내부는 우우마저 탐을 낼 정도로 빈방으로 가득한 광
활한 구조물이었다.

거인의 연옥이라 했으니 그 거인이 어디로 사라졌단 말이
냐?

의문을 품고 꾸준히 이동했다, 끈기의 유저답게.

아래층으로 내려올수록 그 규모는 상상을 초월했다.

나는 20층까지 층수를 헤아리다가 그만두었다.

"우우, 엘리베이터없이 어떻게 분양하지?"

"……."

참, 별 걱정 다 하신다.

"……!"

순간 나는 언뜻 드는 생각이 있어 걸음을 중지했다.

자연스럽게 이동이 멈추었고 우리는 휴식 시간을 가지게 되었다.

주변을 둘러 상아색 기둥을 찾았다.

이 역시 터무니없는 굵기의 기둥이었다.

각 층 곳곳에 오벨리스크와 같은 상아색으로 빛나는 우람한 기둥이 배치되어 있었다.

나의 짐작은 맞았다.

"크……."

"우우?"

이제야 눈치채다니……. 기둥의 지름이 너무 커서였어.

기둥에 손을 가져다 댔다.

가브가브의 왕관이 진동하며 검은 공간이 생겨났다.

내가 열쇠로군. 열쇠야.

"우우, 뭐임?"

"짐작이 맞는다면 이 기둥 속에 엘리베이터 기능이 있지 싶군요."

다들 반색하며 모여들었다. 그걸 왜 이제야 알았냐는 책망의 눈빛을 보내는 이들도 있다.

거참, 뼈 속 깊이 사장님 마인드로 무장한 유저 집단답다 할까.

더러는 드러난 공간 속으로 무례하게 들어가기도 했다.

속에서 치밀어 올랐지만 나는 모두를 공간 속으로 받아들였다.

나를 마지막으로 받아들이자 정보창이 떴다.

수직형 공간 게이트.

"당신이 원하는 어느 층이든……."

현재 당신이 위치한 층은 지상 48층입니다.

원하는 층의 숫자를 상상하세요. 현재 지상 88층에서 지하 188층까지 공간 게이트가 활성화된 상태입니다.

공사 중인 지하는 8개 층에 달합니다.

만들어지지 않은 층의 정보는 직접 답사하신 다음 상상하면 공간 게이트로 등록됩니다.

답사를 원하시면 '최하층'이라고 말하세요.

유적은 지금도 만들어지고 있음을 알 수 있었다.

머뭇거림없이 이 정보창을 커다랗게 확대해 머리 위로 나타냈다.

아, 오, 하는 탄성이 터져 나왔다.

"어디로 갈까요?"

"……."

다들 서로의 눈치를 살폈지만 이들의 눈빛은 말하고 있다.

당연히 최하층이리라.

고대부터 지금까지 층을 만들고 있는 존재에 대한 관심이 들 수밖에 없음이라. 나 역시.

"그럼 갑니다. 다들 전투 준비 하시고… 3, 2, 1, 갑니다. 최하층!!"

지하 최하층의 숫자를 생각했다.

쑤욱 하고 뭔가 상승하는 기분이 든 다음 내려가는 느낌이 전신을 지배했다.

그리고 사람들의 모습이 좌우로 흔들리는 잔상이 생기다 또렷해졌다.

순식간에 최하층에 도착한 것이다.

침을 삼키는 소리가 크게 울렸다.

그리고 다들 긴장한 얼굴로 각자의 전투 장비를 앞세우며 문이 열리기를 기다리며 나를 바라보았다.

나를 중심으로 공간이 널찍하게 만들어졌다.

자진해서 제일 처음 나설 사람은 없음이라.

그나마 우우나 큰곰 등이 다가와 '우리는 언제나 셋트' 임을 과시했다.

평소 도움 안 되지만 왠지 든든하다.

심호흡을 한 다음 문을 열자마자 뛰쳐나갔다.

제발 몬스터다운 몬스터를…….

다 나와—!!

……..

짠한 인조 조명의 빛이 망막을 파고들었다.

우잉? 거인의 연옥이라며?

지하 188층 아래로 놀라운 장관이 펼쳐지고 있었다.

기이잉, 투웅—! 크르릉, 쿠웅—!

웅장한 소음과 환한 조명 속에 백회색 암석더미를 채굴하는 거대한 강철거인의 무리가 있었다. 체굴된 암석은 다양한 형태의 등짐을 진 강철거인들에 의해 옮겨지고 있었다.

대지가 함몰된 거대한 노천 광산의 그림과 유사하다.

이 암석들은 상아빛의 거대한 기둥에 거침없이 던져지고 있다.

회백색 암석을 삼킨 상아빛 기둥 표면은 형이상학적인 마법진과 문양으로 명멸하며 뱀이 먹이를 소화시키는 것처럼 꿀렁거렸다.

상아빛 거대한 기둥이 광활한 층 전체를 밝히는 조명의 근원이었고, 오벨리스크와 이어져 금속 호수를 만든 근원임을 짐작할 수 있었다.

등 뒤로 탄성이 연이어 터져 나왔다.

왜 아니 그럴까?!

천장을 보라.

머리 위론 사람 크기만 한 개미와 거미 형태의 금속충들이 걸쭉해 보이는 물질을 입과 분비샘으로 토해내 방을 만들고 있다.

아니, 방을 빚어 내리고 있음이다.

목 아래에서 불만에 가득 찬 중얼거림이 올라왔다.

"우우, 똥으로 만든 방이잖아."

누가 과연 분양받고 싶을까나?

*   *   *

장관에 대한 도취는 그리 길지 않았다.

곧 탐욕의 눈으로 한창 채굴 작업에 열중하고 있는 강철거인에 몰렸다. 강철거인? 아니, 금속거인들이 문제였다.

무려 5층 건물만 한 것부터 2층 높이만 한 것까지 다양한 강철거인이 혼재되어 있다.

한데 강철거인은 아니다. 고대의 장비였다.

우리가 아는 탑승형 강철거인 같은 정밀한 복합 관절을 보유하지 않았다. 주요 관절에 거대한 기어가 흉하게 노출되어 있다.

팔과 다리는 짧다. 머리와 몸체는 목이 없는 것처럼 붙어 있다.

인간 형상을 모방했지만 드럼통이 연상되는 체형이다.

저 크고 단순한 관절로 움직이는 건설 중장비라는 느낌에 가깝다.

이는 움직임이 말해주고 있나.

단순한 동작을 슬로우 슬로우로 해내고 있었다.

그리고 등 뒤, 머리 아래 탑승구로 보이는 공간은 유혹하듯 개방되어 있다.

차지하기만 하면 임자처럼 보일 정도로 무방비한 상태!

한데 환한 조명 속에서도 처진 분위기가 작업장을 채우고 있었다.

그것은 금속거인의 몸에 하나씩 두르고 있는 사슬이 원인이었다.

어떤 금속거인은 목에, 허리에, 팔에, 발목 부위에 사슬이 묶여 있다. 이 굵은 사슬의 끝에 고정점이 없다. 그냥 신체에 붙어 있는 느낌에 가깝다.

바닥에 질질 끌고 다닌다.

크리스마스의 유령을 흉내 내려다 만 그림.

거인의 연옥? 연옥치곤 왠지 약하지 않은가?

이는 나만의 느낌인가?

시선을 집중해 금속거인의 정보를 당겼다.

투퉁—!

역시 금속거인들은 살아 있는 생명체였다.

이를 유저들에게 알리려는 찰나, 한 무리의 유저들이 강철거인을 향해 몰려가는 게 눈에 들어왔다.

목표는 개방된 탑승구!

강철거인의 예비 면허라도 쟁취할 심산이리라.

"앗!"

말릴 사이도 없이 사건은 벌어졌다.

이들이 작업 권역에 들자 천장에서 작업 중이던 금속충들의 입에서 껄쭉한 누런 타액이 폭포수처럼 떨어져 내렸다.

주르르르르륵—!

저것은 황산!

"크악—!!"

단발마의 비명이 울려 퍼졌다.

타액을 뒤집어쓴 유저들이 그 자리에서 한 줌 혈수로 녹아 내렸다.

가상이라도 이는 분명 19금의 끔찍한 그림이었다.

지금까지 조심스럽게 살아남은 유저들치곤 너무도 허무한 죽음이었다.

하나 이것이 시작이었다.

금속거인들이 일을 멈추고 이쪽으로 돌아보았다.

그리고 지저의 깊은 곳에서 울리는 듯한 소리가 금속거인 들에게서 동시에 울렸다.

"작업 방해자, 방해자는 사라져야 한다."

이크! 사고가 크다.

멍하던 금속거인들의 눈에서 흉악한 붉은 빛이 흘러나왔다.

손에는 거대한 곡괭이와 채굴용 망치가 들려 있다.

스치기만 해도 흔적조차 찾기 어려울 것 같은 위용이 넘쳐 났다.

쿵— 쿵— 쿵—!

금속거인들이 움직일 때마다 발바닥이 지면에서 조금씩

튀어 올랐다.

지금까지 관찰된 나태한 움직임이 아니다.

그렇게 공기는 돌변했다. 거인들의 중량이 공기를 압박하고 있음이다.

웅장한 15미터 높이의 채광장에서 가장 큰 금속거인들이었다.

그 수는 9기!

경고음이 요란하게 울렸다.

거대한 기어를 품은 금속거인이 강철거인 같은 유연한 움직임과 속도로 유저들을 향해 다가오고 있었다.

"제, 젠장!"

플라즈마 마력구는 이미 소진한 상태!

이것이 아티펙터로서의 한계였다.

메이지로서의 본원 마력을 방출해야 하는 상황이지만 결정적인 순간에 마력 발현에 방해를 받을 게 뻔하다.

천박할 정도로 미약한 마력만 유효할 터.

가브가브 같은 거대한 몬스터가 하나도 아니고 아홉이다.

걱정이 산 같은 가운데 책임감 과잉인 음성이 울렸다.

“전위 앞으로— 후위 엄호 개시—!”

달마맹주였다.

유저들 사이에서 병장기를 든 유저들이 뛰어나가고 그 뒤를 형형색색의 에너지체들이 날아올라 달려오는 금속거인들을 향했다.

“파멸의 천둥!”

“바람의 틈!!”

“부서지는 폭포!!”

빠방—! 콰광—!!

거인들 사이에서 투명한 장막이 생겨나며 수많은 마력 에너지체들이 허무하게 흩어졌다.

그리고 근접 밀리터리 클래스들이 금속거인에 엉겨 붙었다.

금속거인들의 붉은 눈이 활활 타올랐다.

각 관절의 거대한 기어가 360도 회전하며 달라붙은 유저들을 너무도 쉽게 털어버렸다.

머리도 돌고, 허리도 돌고, 어깨도 돌고, 팔도 돌며 수많은 회전 공간을 만들어내며 금속 파편을 뿌려댔다.

쏴쏴쏴쏴아아아아—!!

탄환이 뿌려지듯 땅거죽이 파편에 튀어 올랐다.

근접 클래스 유저들은 자신들의 몸을 건사하기조차 힘든 상황이었다.

"소환사 앞으로―!"

단단히 작심한 듯한 달마맹주의 외침이었다.

자신감 덩어리다!

이에 소환사들이 주문을 토해냈다.

"끓어올라라! 대지의 정화여―!"

"대지의 용융점!"

영창이 터짐과 동시에 지반 곳곳에서 시뻘건 용암 덩어리가 자라나 구장군을 에워쌌다.

쿠오오오오오오―! 우오오오오오오―!

웅혼한 외침이 땅을 뚫고 올라왔다.

이것은 마그마 골렘!

오옷― 대단해요.

금속 계곡을 헤매며 나름 성과가 있었음인가. 소환사 대다수가 '마그마 골렘'을 소환해 낸 것이다.

그 수는 무려 20기가 넘었다.

마그마 골렘의 등장에 구장군의 전진이 주춤 멈추어졌다.

엉겨 붙는 마그마 골렘에 대해 무기를 휘둘렀다.

트학―!!

시뻘건 용암이 사방으로 튀었다.

하나 흩어졌던 용암은 다시금 뭉쳐 마그마 골렘으로 되살아나 아교처럼 엉겨 붙었다.

"회전 기어를 노려―!"

마그마 골렘들이 금속거인의 노출된 거대 기어에 모래처
럼 스며들었다.

으그그그그긍―!

이문진이 기어의 움직임을 방해하자 금속거인의 위압적인
움직임이 그쳤다.

녹슨 기계의 움직임을 보였다.

그게 다가 아니다. 용암의 열기에 구장군의 금속 표면이 조
금씩 녹아 드는 게 눈에 보일 정도.

크으으으으―!!

낮은 신음이 구장군에게서 흘러나왔다.

공장들이 여기까지 온 비책이 마그마 골렘임을 알 수 있었
다.

놀고만 있지 않았음이다.

구장군의 표면이 보기 흉할 정도로 문드러져 갔다.

표면이 이글이글 주황색으로 달아올랐다.

그제야 당황하던 공장들의 얼굴에 화색이 돌기 시작했다.

그들도 기억하고 있었다, 내가 플라즈마 열기로 가브가브
를 유혹한 다음 산산이 부숴 버린 전법을.

그 전법을 금속 생명체인 구장군을 상대로 사용하고 있음
이라.

구장군들이 벌겋게 익어버리면 급속 냉각시켜 터뜨려 버
릴 심산이리라.

과연 먹힐까?

나의 의문에도 불구하고 구장군의 거대한 신체는 용암의 열기에 침식당해 달아올라 주황색으로 익어가고 있었다.

마그마 골렘의 위용, 분명 금속거인을 압도함이 있었다.

가브가브 역시 충분히 제압할 것 같았다.

그래서인가. 긴사장과 달마맹주가 득의만만한 얼굴로 나를 바라보았다.

홍, 잘났어, 정말.

여하튼 이제 카운터만 남긴 상태가 되어 보였다.

"메이지들이여, 지금이다. 마력을 쥐어짜는 거야."

달마맹주의 자신만만한 독려가 있었다.

"아이스 볼—!"

"아이스 애로우—!!"

"아이스 스톰!"

"블리자드!"

메이지들의 차가운 영창이 울리며 수많은 백색의 냉기 다발이 달이오른 구장군을 향해 날아올랐다.

슈에에에에에에—!

대기를 지배하는 마그마의 후끈한 열기를 냉기 다발이 가르며 뿌연 수증기 꼬리를 만들어냈다.

쳐러렁—! 챠창!!

유리벽이 무너져 내리는 굉음이 울려 퍼짐과 동시에 거대

한 구장군들이 새파란 금속 덩어리로 화해 주저앉듯 무너져
내렸다.

　둥근 톱니바퀴 기어가 덱데굴 굴러 흩어졌다.

　"와아—!!"

유저들 사이에 환호성이 울렸다.

공장들의 어깨가 당당하게 펴지는 순간이었다.

나 역시 안도의 한숨을 내쉴 수 있었다.

짜식들, 잘 배웠군.

달마맹주와 여우머리 긴사장이 뜨겁게 손을 맞잡으며 과
장되게 서로를 끌어안았다.

　나름 감동적인 순간 연출이라.

똥과 똥이 겹치는 그림!

못 봐주겠군.

그런데 감동은 의문으로 돌변했다.

무너진 금속더미 사이에 우윳빛 덩어리 아홉 개가 공중에
둥둥 떠올랐다. 빛 덩어리는 소리없이 체공했다.

　이건 위험하다!

구장군을 유지하던 힘의 원천이리라.

다들 그렇게 느꼈는지 먼저 마그마 골렘의 거대한 손이 빛
덩어리를 움켜쥐어 갔다.

　……!

그대로 빛 덩어리를 통과했다. 빛 덩어리는 잠시 흔들렸

을 뿐.

밀리터리 캐릭들이 무기에 오러를 담아 대기 중이었다.

사령과 정령 같은 정신체 몬스터에 상극인 것이 오러다.

공간을 격해 날아간 색색의 오러들이 무음으로 날아 마그마 빛 덩어리에 적중했다.

이럴 수가?!

이 역시 허무하게 통과해 버렸다.

"저럴 수가?!"

"뭐냐, 저건?"

긴사장과 달마맹주의 허탈한 외침이었다.

나 역시 침을 크게 삼켜야 했다. 빛 덩어리의 정체는 뭐란 말인가?

그렇게 유저들의 눈에 당황함이 역력했다.

물리체도 아니고 정신체도 아닌 존재의 등장!

문제의 빛 덩어리는 부르르 진동하더니 채광장으로 획하니 날아가 버렸다. 파괴적이지 않은 완만한 궤적을 그리며.

나는 보았다, 우웅빛 덩어리 안에서 요동치는 충만한 생명이 있음을.

그것은 분명 '사슬' 이었다.

유저들의 시선이 이 빛 덩어리를 쫓았다.

아니나 다를까, 빛 덩어리는 채광장에 작업 중인 작은 체구의 금속거인 속으로 스며들었다.

순간 금속거인의 표면을 따라 화랏— 하며 짧은 백광이 뿜어져 나왔다.

이어 변이가 일어났다.

그그그그ㄱㄱㄱ그그그그극 —!!

둔중한 기어가 거칠게 맞물려 고속으로 회전했다.

원판 기어의 표면에서 수많은 마법진이 활성화되며 층층이 생겨나 금속거인을 휘감았다.

회백색 마법진은 회전하며 명멸을 거듭했다.

둥근 마법진 안에 마법진이, 그 마법진 속에 다시 마법진이, 연이은 마법진의 중첩……. 이 마법진들이 지름을 따라 회전했다, 다이얼을 돌리듯.

백색 기둥에서 우윳빛 금속수가 꾸역꾸역 공급되었다.

금속수가 주입된 기어의 크기가 자라났다. 마찬가지로 금속거인의 주요 부위 역시 비례해 자라났다.

종국엔 조금 전 부서졌던 웅장한 구장군의 모습이 되어버렸다.

게다가 그 크기가 달라져 있었다.

옆으로도 위로도 분명 성장한 상태였다.

그렇게 웅장한 자태를 갖춘 구장군이 유저들을 다시 바라보았다.

"……!"

유저들은 경악했다.

역시 상대는 가브가브와 차원이 다른 존재였다.

그랬다. 바로 빛 덩어리가 죽음이 허락되지 않은 존재였다.

기계가 웃는다면 지금 금속거인들의 얼굴이 정답이리라.

"무한자여—! 우리는 나도 없고 우리도 없는 존재, 빛도 없고 어둠도 없는 곳에서 나온 존재. 태워지고 얼어붙어 부서져도 우리에겐 죽음은 없다. 이는 우리에게 축복이자 저주! 방해자는 모두 죽인다. 반드시… 죽인다."

철에 슨 녹과 같은 음색이 담긴 부활의 외침이었다.

구장군이 지축을 울리며 기함하는 유저들을 향해 달리기 시작했다.

그 반면, 전투가 한창임에도 채광장에서 금속거인들은 묵묵히 제 할 일을 하고 있을 뿐이다. 평화롭게.

부서지면 얼마든지 우리로 보충해 주겠다는 여유이리라.

저 현상을 무엇으로 정의할 수 있을까?

부활? 재생? 환생?

전부 아니다.

복구! 그래, 복구다.

디지털 데이터의 복구 행위이리라.

나도 저런 상대라면 답없다.

달마맹주와 긴사장이 나를 바라보았다.

어쩌라고?

어색하게 웃으며 특대의 진심으로 달마들에게 응원을 보냈다

여어, 소년들! 힘들 내드라고—!

機甲戰記
Massacre
기갑전기 매서커

　유저들의 시선은 마그마 골렘을 조종하던 소환사들에게 향했다. 너나 할 것 없이 얼굴색이 해쓱했다.

　그렇지만 그들은 고개를 끄덕였다.

　한 번 더 마그마 골렘을 소환해 대항해 보겠다는 것이다.

　그들의 눈빛에 진심이 흘렀다.

　공장으로서, 역전의 용사로서의 자부심이 읽혔다.

　그렇게 소환사의 손짓을 따라 대지가 변성하며 마그마를 토해냈다.

　이어 마그마 골렘과 구장군이 굉음없이 격돌했다.

　마그마 골렘이 흩어지고 뭉쳐지기를 반복하며 구장군에게

뜨거운 열기를 침투시켜 나갔다.

우워어어어어억―!

마그마 골렘의 힘겨운 울부짖음이 공간을 허무하게 메웠다.

이번에도 구장군을 분쇄한다는 치더라도 문제의 빛 덩어리를 처치하지 못하면 구장군의 복구를 막지 못할 것이다.

'죽음이 허락되지 않은 자'란 금속거인의 고갱이, 바로 빛 덩어리리라.

그래서일까. 이 광경을 지켜보는 유저들의 표정은 밝지 않았다.

강대한 물리력도, 장중한 마법도 통하지 않는 존재, 빛 덩어리의 정체를 파악하는 게 급선무다.

나의 짐작은 이렇다. 유저가 데드당해 부활지로 전송되는 '데이터 의식체(意識體)' 아닐까?

우리 유저들이 부활하는 방식과 유사하잖은가. 예비체에 침투하는 것이 다를 뿐.

게다가 빛 덩어리는 우리를 '무한체'라고 칭하지 않던가.

기계적 감성으로 유저를 파악한 것이다.

결론은 NPC같이 행동 패턴이 정형화된 인공지능의 집합체에 일부 학습 능력이 주입되었다는 추측이었다.

혼란, 공황 같은 정신 공격이 먹힐지 모른다.

하나 자신의 과거체를 부순 유저들에게 분노 같은 감정을 발산하지 않는 점이 마음에 걸렸다.

벡업은 그저 벡업일 뿐인가?

여하튼 나의 의도를 실험하려면 빛 덩어리가 추출될 때까지 기다려야 했다.

나와 같은 생각을 한 유저들이 한둘은 아닌 듯 절대 다수가 긴장된 얼굴로 전방을 주시하고 있었다.

이번만큼은 하얀 빛 덩어리를 그냥 보내줄 생각이 없음이다.

드디어 냉기에 노출되어 산산이 부서지는 금속거인이 등장했다.

와수수수—!

문제의 빛 덩어리가 잔해 위로 떠올랐다.

제일 먼저 오러를 머금은 병기를 앞세운 격수들이 스프링에 튕겨진 쇠구슬처럼 튀어나갔다.

오러를 날리기보단 직접 느껴보겠다는 것인가?

형형색색의 오러가 우윳빛 덩어리에 떨어졌다.

스팟—! 파슈—!!

오러를 미금은 검기가 난무했다. 빛 덩어리를 정확히 갈랐다.

원거리에선 정밀한 뇌격이 떨어졌다.

꽈릉—!!

…….

하나 그뿐, 빛 덩어리는 형체를 그대로 유지했다.

그 자체가 공기인 것처럼 통과했다.

정령체나 사령체였으면 반드시 없어져야 할 타격이다. 단지 뭔가를 파악하듯 좌우로 흔들리며 주춤거릴 뿐이다.

그리고 반격이 없다.

메이지들이 정신 계열 마법을 뿌려댔다.

"착란—!"

"혼란!"

"불안—!"

"초조! 강박!"

동시다발적인 영창이 있고, 공간이 이지러지는 '포박형(捕縛形)' 정신 계열 마법 효과가 빛 덩어리를 층층이 둘러쌌다.

후루루루루룽—!!

오! 이건 효과가 있다.

마법에 적중될 때마다 빛 덩어리는 작게 뭉쳐지고 황당한 넓이로 팽창하길 반복했다.

특유의 잔잔한 우윳빛 역시 빨주노초파남보, 다양한 빛의 사나운 가지로 변해 뿌려졌다.

아름답고 화려한 파장이었다.

마치 깊은 번민에 든 인간의 마음을 파장으로 보는 듯했다.

그리고 지금 파르르 떨고 있다.

어라? 먹히는 거야?

이도 그뿐, 다시 원래 상태로 돌아와 두둥실 주춤거릴 뿐이다.

정신체는 정신체이기 한데 지금까지 파악된 정신체는 아닌 것이다.

"뭐야? 어쩌란 거야?"

"제길! 이거 설정 외 버그 아냐?!"

"버그 신고해!"

유저들의 당황한 외침이 거칠었다.

나는 혹시나 하는 생각에 타깃팅을 당겨보았다. 살아 있음이 느껴지고 움직이기까지 하는데 라이프 바(Life Bar) 자체가 텅 비어 있다.

죽었으면 타깃팅이 당겨지지 않고 라이프 바도 생성되지 않는다.

이것은 설정 외 존재.

망할!

위협이 되지 않으면서 결국 위협이 될 존재가 될 터이다.

아니나 다를까.

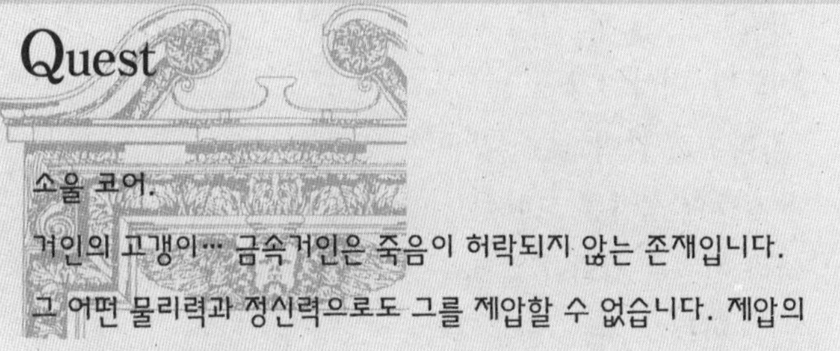

역시 나의 짐작대로 의식체에 가까웠다.

"에이, 몰아쳐—!"

"몰아붙여. 돌아가게 해선 안 돼!"

달마와 여우대가리의 자포자기식 성마른 독촉이었다.

유저들의 중구난방식 공격은 가차없이 빛 덩어리를 향해 떨어져 내렸다.

우르릉—! 꽈광!!

동시에 격수들이 뿜어내는 오러가 살벌하다.

스릉—! 스르릉!

빛 덩어리를 둘러싼 공기마저 용납하지 않을 파상적인 공격이었다.

이것은 어떻게든 붙들어 부활하지 못하도록 하려는 발악 그 자체.

"머, 뭐, 이따위가……."

"사라지란 말이야! 이 잡종아—!!"

유저들의 성마른 고함이 뒤따랐다.

하나 이는 무기력한 적조차 제압하지 못한 안타까움이었다.

순간 번득 스치는 생각 하나!

승복, 말이 통한다는 상대를 전제로 하고 있다.

그래, 금속거인들은 분명 해방자를 기다리고 있다 했지.

빛 덩어리가 가야 할 곳은 또 다른 금속거인의 몸으로 설정되어 있다. 그리고 이어지는 채광 작업.

스스로를 해방시킬 능력과 권한이 없음이라.

1,000년 동안의 채광 노역!

이 난리에도 불구하고 여전히 작업 중인 금속거인들의 꽉 다문 입이 말해주고 있다.

그들의 무료함이 다가왔다.

감 잡았어!

＊　　　　＊　　　　＊

나는 두 손을 하늘 위로 흔들며 외쳤다.

"스탑! 스톱!! 중지ㅡ! 한글 몰라요?!"

뜬금없는 외침이었지만 유저들은 거짓말처럼 응했다.

소환사들은 전부 주저앉아 거칠게 숨을 고르고 있었다.

고갱이가 예비체를 찾아가는 것을 막을 기회는 지금뿐이었다.

다들 기대 넘치는 눈으로 나를 지켜보았다. 기발한 아티팩트로 적을 제압하길 기대하는 눈치다.

나는 웅웅거리는 빛 덩어리를 향해 걸어가 팔을 들어 말을 걸었다.

"구 장군, 대화를 원한다."

……

일순 싸한 정적이 흘렀다.

다들 뜨악한 눈으로 나를 바라보고 있다.

"아놔, 무슨 수가 있는 줄 알았는데 아니잖아."

"님, 돌아오세요. 님 눈에는 입이 보이는가 보죠."

"크크, 텔레파시를 쓰라고요. 입 아프게 떠들지 말고요."

빛 덩어리의 반응보다 유저들의 야유가 먼저 터져 나왔다.

몬스터는 말이 통하는 상대가 아니라는 고정관념이 유저들을 지배하고 있었다. 필드와 던전을 누비는 '닥 사냥 컨텐츠'의 범람으로 인이 박힌 것이다.

여하튼 나는 빛 덩어리의 반응을 기다렸다.

한데 빛 덩어리들은 부유해 전처럼 채광장으로 움직이기 시작했다.

……!

짐작이 틀렸단 말인가?

아차차, 마력을 주입하지 않았다.

다급했다.

급히 빛 덩어리를 향해 말했다.

"해방되길 원하는가?"

해방이라는 단어에 힘을 주었다.

팔에 팔찌처럼 변한 가부가브 왕관에서 낮은 진동이 희미한 파장을 만들어냈다.

주입된 마력이 눈에 보이지 않는 전자파로 만들어져 빛 덩어리를 향해 퍼져 나갔다. 보이지 않지만 이를 느낄 수 있었다.

즈ㅇㅇㅇㅇ웅—

나를 중심으로 아홉 개의 우웃빛 덩어리가 모여들었다.

"…통한 거야?"

"설마……."

"조용히 해! 어떻게 되나 보자고."

유저들의 웅성거림은 쥐 죽은 듯 조용해졌다.

파장을 접한 빛 덩어리가 수축, 팽창을 반복하며 그 나름의 파장을 퍼뜨렸다.

이 역시 전자파였다.

전자음을 조합한 감정이 결여된 음성이 울렸다.

팔찌의 진동이 음성으로 전환되어 체내로 전달되었다.

"…해방……."

예스!!!

동화율을 끌어올렸다.

"그래, 해방을 원하는가?"

"…원하는가?"

이후 빛 덩어리의 명멸이 눈부시다.

뭔가 분석하는 느낌이 이럴까.

"맞아, 그대는 해방을 원하는가."

"유저들의 언어 체계를 파악할 수 있었다."

"……"

아싸, 언어 체계가 연결되었다.

"…그대는 해방자인가?"

"어떤 해방을 원하는가에 따라 내가 해방자가 될 수 있고 아닐 수 있다."

"무슨 의미인가?" "무슨 의미인가?" "무슨 의미인가?" "무슨 의미인가?" "무슨 의미인가?" "무슨 의미인가?" "무슨 의미인가?" "무슨 의미인가?"

아홉 개의 의식체가 동시에 입을 열었다.

으, 아홉 개 전자파가 동시에 뿜어내는 파장은 진저리쳐질 만큼 싸하다.

이 기괴한 공명음을 참으며 말했다. 과연 인내의 지오.

"너희는 나도 없고 우리도 없는 존재라고 했잖은가. 하나의 목소리를 낼 수 없는가?"

"……" "……" "……" "……" "……" "……" "……" "……" "……"

아홉 개의 빛 덩어리는 뭉쳐 서로를 향해 파장을 격하게 퍼뜨리기 시작했다. 마치 회의를 하는 듯이.

다들 숨죽이며 지켜보았다.

결론이 났나?

"…기다려라."

제일 처음 대화를 나눈 빛 덩어리가 파장으로 전달했다. 이어 아홉 개의 빛 덩어리는 채광장으로 두둥실 날아갔다.

다시 예비체를 찾으려 함이었다.

모두의 얼굴에 당혹감이 맺혔다.

다시 뜨악한 시선이 나에게 몰아쳤다.

나는 의연한 자세로 주먹을 들어 자신감을 드러냈다.

아씨, 이게 아닌데…….

등골을 따라 식은땀이 흘러내리는 가운데 시선을 채광장으로 향했다.

아홉 개의 빛 덩어리가 하나의 금속거인 속으로 스며들고 있었다.

오직 한 대.

아홉 개의 빛 덩어리가 파고든 금속거인은 곡괭이를 놓고 유저들 쪽으로 움직이기 시작했다.

아주 천천히, 위협이 전혀 느껴지지 않는 슬로우 그 자체다.

대신 기기기기기기깅, 금속거인의 중추 기어의 축이 빠지고 기어의 맞물림이 떨어져 나갔다. 이어 각 기어들이 고속으로 회전하기 시작했다.

고속으로 회전하는 기어를 중심으로 백색의 마법진이 층층이 발생했고, 머리 뒤로 마법진이 회전하며 백색의 광배를 형성했다.

성스러운 느낌이 들 정도.

이게 다가 아니었다.

마법진이 흑백으로 명멸하사 백색 기둥에서 금속수가 냇물같이 흘러나와 금속거인에 빠르게 흘러들었다.

쩌거덩— 척!

쩌거덩— 처척!!

볼 만한 광경이었다.

변신 로봇의 변신을 보는 것과는 달랐다.

둔탁해 보이던 톱니바퀴 기어와 둔중한 관절이 해체되고 금속수를 받아들여 확장, 팽창했다. 그리고는 위치를 찾아 조립되더니 다시 해체 과정에 들어갔다.

그런 식으로 부품의 크기를 키우는 과정을 무한정 반복했다.

그렇다. 이것은 거대화였다.

키 높이는 공동 천장에 닿을 정도고 자라났고, 몸체는 광화문을 품을 정도로 넓다.

금속거인의 목과 팔, 다리와 허리에 두른 사슬의 굵기도 비례해서 굵어졌다.

그렇게 거대화를 마친 금속거인이 우리 눈앞에 떡하니 버티고 서 있었다.

뭐라 뭐라 붉은 메시지가 올라왔지만 확인할 여유가 없다.

아니, 확인하지 않았다. 정신만 사나워질 뿐이니.

그저 올려다보는 것만으로 목이 아프다.

제, 젠장. 이거 잘못한 건 아니겠지.

경이로운 볼거리에 오, 우와, 하는 탄성이 유저들 사이에서 터져 나왔다.

"우우, 대단해요. 금속거인과 대화하다니… 과연 지오님."

"허, 험."

그게 아니라니까, 이 철없는 것아—!

밟히면 흔적도 없이 지반과 일심동체를 이룰 것이다.

그랬다. 난 겉으로는 여유를 부리고 있지만 등골을 타고 땀 방울이 흘러내리고 있었다.

"잠시 떨어져 주시죠."

"…우우, 나만 미워해."

다 미워하거든?!

우우가 삐질삐질 물러나자 금속거인이 머리에 자리한 아

홉 쌍의 눈을 껌벅이며 나를 담았다.

눈은 소형 자동차 앞면 유리 같은 크기로 색색의 커다란 보석을 박아놓은 듯했다.

눈 속에 기괴한 투명한 회로 기판을 따라 형광 빛이 지나갔다.

이 빛의 이동을 통해 기이한 기대가 읽혀졌다.

버스를 삼킬 것 같은 입이 열리며 대기가 흔들렸다.

"…그대가 해방자인가? 나와 우리를 그대의 요청대로 하나로 묶었다."

"……."

어? 이건 아닌데…….

나를 해방자로 못 박다니. 게다가 일말의 의심도 느껴지지 않는다.

우와—!!

사정 알 길 없는 유저들이 환호성을 질렀다.

덩달아 손을 흔들어 환호에 답하는 나.

미쳐. 괜히 나섰어.

＊　　＊　　＊

당당히 마주 볼 뿐.

이제 와 아니라고 할 수 없다. 내가 해방자가 아니라면 어떤 사달이 벌어질까?

다행히 금속거인과 대화가 통하는 상대는 유저 가운데 내가 유일했다.

유저들은 내가 하는 말로 거인의 말을 유추하는 식이다.

나의 말은 전자파로 치환되어 금속거인에게 전달되고 금속거인이 발하는 전자파는 팔찌를 통해 치환되어 피부를 통해 전달되었다.

내가 침묵하자 거인의 독촉이 있었다.

"해방자여?"

에라, 모르겠다. 일단 뭔가 대단한 배후가 있는 것처럼…….

"무엇으로부터 해방되고 싶은가?"

"……."

"어떤 식의 해방을 원하는가?"

"……."

"그대 진정 해방되길 원하는가?"

"……."

속사포처럼 질문을 쏘아붙였다.

"해방의 대가는 엄중하다."

"……."

있지도 않는 공갈도 붙였다.

나에게 해방자에 대한 정보를, 기브 미 인포메이션!

금속거인의 아홉 쌍의 보석 안이 요란하게 명멸을 반복했다.

내기 쏟은 말의 의미를 좇아 연산을 하는 듯하다.

"우우, 무슨 이야기를 한 거죠?"

아씨, 정말. 언제 또 온 거야?!

물론 그녀가 나를 걱정하고 있음을 내가 모를 리 없다.

그리고 철없는 순진무구한 커다란 검은 눈을 보면 도저히 화를 낼 수 없다.

미인에다 결정적으로 현실의 부자가 아닌가.

나는 심각한 표정으로 우우의 커다란 눈을 바라보며 말했다.

"음, 은근히 자기 취향이라며 달팽이 아가씨를 달라는군요."

"우욱―! 변태얌―!!"

우우의 모습은 순식간에 사라져 버렸다.

집중하려니 이런 수가 먹히는군.

그때였다, 구장군 역시 생각을 정리했는지 의사를 전달해 온 것은.

"해방자여, 그대는 우리가 무엇으로부터 해방되길 원하는지 물었다. 우리는 창조주와 한 약속으로부터 해방되길 원한다."

“…….”

채광장에서의 금속수를 만드는 재료를 공급하고 이슈타르인들의 피난처를 확장하는 게 이들에게 생명을 부여한 고대 이슈타르인들과 한 약속이라 했다.

고대 이슈타르인이 만든 메커니즘을 모르니 약속의 해제를 선언할 수 없다. 패스.

“이 언약의 사슬을 끊어주길 바란다.”

“…….”

오, 진작에 그렇게 말하지. 그 정도 굵기면… 자신이 직접 할 수 있을 것 같은데?

“스스로 해보지 않았는가?”

“나와 우리에겐 언약의 사슬을 쥘 수 있는 권한이 없다.”

“그렇군.”

고지식한 인공지능이로고.

“해방자여, 그대는 어떤 식의 해방을 원하는지 물었다. 해방자의 친절함에 감사한다. 우리는 더불어 이 공간을 벗어나는 것으로 원한다.”

“…….”

자신의 덩치를 생각도 안 하는 거야?!

전자레인지야, 그 덩치는 이곳에 어울리거든.

저 덩치로 필드에 나서 돌아다닌다면? 걸어 다니는 재해!

“그대는 우리가 진정 해방되길 원하는지 물었다. 그렇다.

우리는 진정 약속의 사슬에서부터, 이 공간으로부터 해방되길 원한다."

"……."

"해방지어, 그대는 해방의 대가가 엄중함을 경고했나. 우리는 이에 의견을 모았다. 그 어떤 대가라도 나와 우리는 치르겠노라고."

"……."

"그렇다. 나와 우리는 존재의 소멸조차 긍정한다."

"……."

어이, 그건 우리 인간인 무한체가 추구하는 궁극의 점이거든.

와, 여하튼 쓸데없이 진진한 인공지능이네그려.

우선 사슬을 끊을 방법이 문제. 나는 달마에게 정중히 부탁했다.

오러로 금속거인을 속박하고 있는 사슬을 끊어달라고.

의외로 달마는 순순히 나서주었다.

달마는 거대한 참마도를 사슬에 겨누었다.

모두 숨죽이며 과정을 지켜보았다.

후웅— 붉은 오러가 참마도를 휘감으며 자라났다.

1미터, 2미터, 3미터, 굉장한 순간 집중력이 느껴졌다.

우와압—!

웅혼한 기합과 함께 굵은 사슬을 오러가 이글거리는 참마도가 지나갔다.

쓩—!!

경쾌한 소리와 함께 사슬은 끊어져 떨어졌다.

대단한 완력!

유저들의 환성도 잠시, 분리된 사슬이 꿈틀거리며 뱀처럼 살아나 원상태로 붙어버리는 것이 아닌가.

……!

"해방자여, 그대는 나와 우리에게 언약의 완수를 선언할 권한이 없단 말인가?"

"……."

이 일을 어쩐다. 뽀록나기 일보 직전의 위기.

싸한 정적이 흘렀다.

여, 통 큰 전자레인지. 그냥 인생(?), 아니, 금생(金生) 어렵게 생각하지 말고 채광장을 지키는 게 어때? 왠지 어울리고 멋있어 보이던데.

투덜거렸지만 머릿속은 바쁘게 굴러갔다.

답이 가물가물하다.

젠장, 기계에겐 마음이 없으니 어떻게 안단 말이랴.

그저 창조주와의 약속에서 벗어나고 싶은 하급 생물일 뿐인데,

"해방자여, 해방자여, 우리는 진정 해방을 원하노라—!"

절박한 말임에도 감정이 결여된 녹 낀 음색에 신경이 쏠렸다.

응? 가만, 감정이 없다고?

마음! 멘탈—!!

오, 감 잡았어.

고대 이슈타르인들은 이들을 창조하면서 충직함을 부여했다.

우리가 초기 컴퓨터에게 연산 능력만을 부여한 것과 다름없다.

머릿속의 안개가 흩어짐과 동시에 손등 위로 타닥 하며 번개가 튀었다. 이빨과 이빨 사이에 전기가 튀었다.

바미안이 가까운 것이다.

저주를 건 주체들과 가깝다는 이야기.

지금 이 순간 바미안의 마녀들이 특대의 제사를 지내고 있음이다.

두 명의 여성체가 내 주위를 맴돌고 있으니 아주 대놓고 저주가 발동하고 있음이라.

저주에 걸려 말라 죽으나 거인의 발에 깔려 죽으나 비참하기는 마찬가지.

결심이 섰다.

나는 거인에게 자신만만하게 말했다.

"해방자로서 해방의 의식을 거행하겠노라. 협조를 바란다."

"오—! 얼마든지 해방자를 맞이하겠노라."

덩치에 맞게 시원시원하군. 일말의 의심조차 없다.

하긴 그런 감정이 없지. 그런 너에게 인간의 마음을 선사하지.

생긴 것도 오즈의 마법사에 나오는 강철 나무꾼이잖은가.

되든지 말든지 우기면 된다.

결론은 나만 살면 된다!

으흐흐.

Act 04
저주 전이? 의식 전이!

機甲戰記
Massacre
기갑전기 매서커

"큐브님, 지금입니다!"

아래를 보고 소리쳤다.

"괜찮겠어요? 이건 아닌 것 같은데……."

모기 소리 같은 대답이 올라왔다.

나의 사기 행각을 큐브는 파악하고 있음이다.

"시작하십시오. 이렇게 죽으나 저렇게 죽으나 마찬가지 아 닙니까?"

발악하듯 외쳤다.

"…그래도."

채광장 중앙에 거대한 마법진이 만들어졌다.

나와 거대화된 금속거인이 중앙에 자리한 상태다.

금석거인은 어울리지 않게 무릎을 모아 나름 겸손한 자세를 갖추었고, 그 어깨 위에 서 있는 것이다.

수많은 유저들이 구축된 마법신 밖에서 마력을 부여하기 위해 자리를 잡고 있다.

나는 가바가브의 왕관이 팔찌로 자리 잡은 손을 거인의 머리에 붙였다.

의심없는 아홉 쌍의 보석 눈이 나를 담고 있다.

의심이라는 감정 자체가 없기에 양심이 아려왔다.

나는 들어 올린 손을 내리는 것으로 마법진의 가동을 명령했다.

"지긋지긋한 저주여, 새로운 안식처를 제공하니 순수한 영혼에 새로이 안주하라—! 저주의 전이!!"

마력을 머금은 마력진이 일시에 발광했다.

후우우우우우우우웅—!

마법진이 발동하자 밀려 나간 대기가 포효했다.

칙칙한 검은 소용돌이가 피어올라 흙빛 장막이 외곽 테두리를 둘러쳤다.

장막 안, 활활 타오르는 검은색 불기둥이 생겨났다.

이 검은 불기둥 위로 고통으로 절규하는 인간의 얼굴 그림자가 불꽃이 되어 대기 중으로 흩어졌다.

저주의 근원!

슬픔, 분노, 절망 등 마이너스 정신 에너지로 충만했다.

지옥의 업화가 이럴까.

<u>고오오오오오오오오오오오</u>—!!

대기가 사납게 울부짖었다.

그 장막의 중심에 금속거인과 내가 있다.

금속거인은 무기체다. 반면 나는 엄연한 유기체.

이미 몸이 타들어가는 고통이 엄습했다.

내겐 너무나도 익숙한 고통.

타닥타닥—!

쉽지는 않으리라 생각은 했다.

열기없이 피를 말리는 기이한 느낌의 고통이라니……

유급을 결정하는 기말고사에 배우지 않은 범위에서 나온 문제와 맞닥뜨린 느낌.

그런 정신적 고통과 물리적 격통이 휘몰아쳤다.

나에게 부여된 저주가 떠나지 않으려 요동치며 나를 중심으로 지옥의 업화가 피어올라 왔다.

그럴수록 동화율을 끌어올려야 하는 것이 나의 현 상황.

마법진에 증폭된 마력이 내 몸을 강타하며 통과했다.

그렇게 타격을 받자 내 몸에서 검은 기름 같은 그림자가 스멀스멀 자라났다. 그리고 몸에서 분리되지 않으려고 격렬하게 요동쳤다.

그렇게 타르 같은 검은 점액질이 하늘을 향해 뚝뚝 떨어져 올라갔다.

나태, 탐욕을 베이스로 원초적인 욕망, 욕정, 그리고 시기, 질투, 증오, 미움의 감정이 하나하나 축출되어 나왔다.

그렇다. 저주를 구성하는 인간의 마이너스 에너지들이었다.

이 검은 그림자를 금속거인에 맞닿은 손으로 보냈다.

그리고 그 검은 그림자를 금속거인의 머릿속으로 밀어 넣었다.

최종 목적지는 금속거인의 고갱이.

긍정도 부정도 없는 인공지능의 설정, 그 설정의 재설정 아니면 파괴다.

이 정도 엘리트 조력자들이라면 가능할지 모른다.

단지 그 과정을 견디어내야 하는 매개체로서의 역할이 바로 나다.

스으으응응—!!

금속거인의 표면은 검은 정신 에너지의 침투를 거부했다.

표면을 따라 검은 연못이 생기며 손을 중심으로 파문이 요동쳤다.

이런 변화에 금속거인의 아홉 쌍 눈이 빠르게 명멸하며 자신에게 벌어지는 지금의 상황을 파악하기 위해 연사하느라 빠르게 깜박이기 시작했다.

무어라 이야기하는데 들리지 않았다.

이미 몸이 견딜 수 있는 한계는 벗어난 상태다.

아득해지는 정신을 더 잡길 수차례다.

견딜 만하다. 아니, 견뎌야 했다.

그런데 기분 나쁜 이질적인 느낌이 내 몸으로 침투하는 게 느껴졌다.

이건?

바로 타르 같은 액체로 마이너스 에너지의 집합체였다.

저주를 뽑아내는 중에 어디서 이런 막대한 저주가 내게 향하고 있다니!

본능적으로 마법진의 설계자이자 초대형 제사를 지휘하는 저수사 큐브를 찾았다.

응?

큐브는 마법진으로 만들어진 검은 막에 손을 붙인 상태였다. 그 손을 따라 검은 타르 같은 마이너스 에너지체가 꾸역꾸역 흘러나오고 있는 게 아닌가.

이것이 흘러 흘러 나에게로…… 그렇다면…… 그렇다.

바로 큐브 그녀에게 부여된 거대한 저주 덩어리였다.

그 저주 덩어리를 내게 지금 전이시키고 있음이라.

망할!

멈출 수 없나.

저주의 전이도 이루어지지 않고 있다.

내가 이상을 눈치챘음을 큐브도 알아챘음인가.

"죄송해요. 저도 이번 기회에 지긋지긋한 저주를 털어내고 싶어요."

큐브의 귀엣말이었다.

개성없는 특유의 얼굴에 눈만 결심으로 빛났다.

"이익!!"

순간적인 배신감에 치가 떨렸다.

"저도 이러고 싶진 않았어요. 하지만… 참을 수 없었어요."

"……?"

"지오님은 우우만 챙기더군요. 나도 있다고요."

"무, 무슨……."

둘 다 같이 방치했단 말이다. 단지 우우가 눈치없이 배회했을 뿐이야.

"그래요. 질투가 났어요. 흥! 눈치없는 멍청한 계집애를 좋아한 대가라고 생각하세요."

"어, 억지 부리지 말고 저주의 전이를 거두라고!"

우우가 눈치없이 오는 걸 어쩌라고.

어이, 이건 아니라고.

"절대 못해요. 억지라도 좋아요. 내가 관심 가진 사람이 나를 돌아보지 않을 때 느낀 절망을… 당신도 느껴봐야 해요—!"

"……."

…어, 방금 그거 나 좋아했다는 고백? 바람둥이는 관심 없다며?

몸은 타오르고 미치겠구나.

"내 저주를 몽땅 가지세요—!"

"흐윽."

귀엣말은 중단되었다.

큐브는 자신에게 부여된 저주를 받아들임으로써 그에 상응하는 저주력을 얻었다고 했다. 그녀 스스로 자신에게 부여한 저주가 무엇인지 나는 알 수 없다.

하나 저주력의 기반이 된 저주는 어마어마하다는 것.

저주의 총량이 달랐다.

큐브의 지주까지 전이되자 내 몸은 더욱 타들어갔다.

신경 다발이 끊어지는 게 느껴질 정도.

이제 누굴 원망할 여유 자체가 없다.

활성화된 저주가 휘몰아치며 검은 타르가 온몸을 휘감아 타고 올라왔다. 얼굴을 제외한 온몸이 저주의 마이너스 에너지에 잠식되고 말았다.

이 미친!

동료가 아니고 이런 원수가 없음이라.

그리고 나의 위기는 이게 전부가 아니라는 것.

마력장이 출렁이며 요동치기 시작했다.

마력을 부여하던 유저들이 마력 부여를 중지하고 물러나고 있었다.

아직 충분히 버틸 마력이 있을 터인데…….

의문은 곧 풀렸다.

야비한 여우대가리와 달마의 시선을 받은 유저들이 마력 부여를 중지하고 물러나고 있었다.

그들 뒤로 기력을 되찾은 소환사들이 모습을 드러냈다.

쩌적, 푸학—!!

땅이 갈라지며 후끈한 열기가 균열 속에서 울컥 피어올랐다.

검붉은 액체로 이글거리는 거인의 손이 균열 속에서 숫아올랐다.

마법진 가장자리에서 상체를 드러낸 마그마 골렘들이 금속거인과 나를 향해 괴성을 토했다.

우워워워워—!!

살이 익을 것 같은 열기가 덮쳐왔다.

그 급박한 순간, 금속거인과 무수한 대화가 오고 갔다. 그리고 그 가운데 나는 어떤 선택을 한 것 같다.

무수한 메시지가 흘렀다. 뜨거운 열기에 이를 확인할 겨를이 없다.

올라오는 메시지가 붉다.

…입니다.

…….

…동화율 유지는 감동적입니다.

어깨를 타고 올라온 열기에 휩싸이기 직전, 금속거인의 감정이 실린 말이 울렸다.

"그대는 진정한 해방자. 그대의 희생에 감사하노라."

진심이 느껴지는 울림이 전달되었다.

…대장군이 해방되었습니다.

인스톨 77%… 88%… 99%…….

…인스톨 완료!

이어 선명한 메시지 한 줄.

그것을 끝으로 나의 의식은 끊어졌다.

응? 의식 전이? 저주 전이가 아니고?

　　　　　　*　　　　*　　　　*

…….
몽롱한 느낌에서 깨어났다.
헤에, 결국 죽었나?
그런데 둥둥 뜬 것이 게임에선 한 번도 체험치 못한 느낌이
다.
부활지 지정이 잘못되어 유령 상태로 유형(流刑)하는 건
가?
그건 아니었다.
손발의 느낌이 선명하게 느껴지고 있다.
기이하고 으스스한 기분에 손을 바라보았다.
……!

아악!!

비명조차 터져 나오지 않았다.

거대하고 무지막지하게 투박한 금속 손이 눈에 들어와서다.

메이지 지오 특유의 가늘고 긴 섬세한 손이 아니었다.

급하게 발을 내밀어보았다.

……!

어헉!!

까마득하게 내려다보이는 아득한 느낌 끝에 거대한 기둥 같은 현상의 금속 발이 보였다.

메탈 특유의 차가운 광택!

거칠면서 규칙적인 기어의 울림…….

심장이 울리지 않는다. 대신 온 몸이 시계처럼 째깍거린다.

헤헤, 이건 악몽이다. 그래, 악몽이야.

동화율이 감소하고 있습니다. 44%… 33%… 22%… 11%.

최소 동화율을 유지하시길 바랍니다.

경고! 새로운 신체에 적응하시길 권합니다.
새로운 신체는 당신의 제어를 고대하고 있습니다.

…….

그랬다. 인간의 몸은 온데간데없고 바로 금속거인의 몸에 내가 들어와 있음이다.

구장군, 아니, 대장군은 어디로 갔단 말인가.

다급히 주변을 둘러보았다.

당연히 거인의 연옥 채광장이었다.

그리고 주변에 묵묵히 채석 중인 금속거인들이 보였다.

꿀렁꿀렁— 뭔가 꾸준하게 밀려들어 오고 있었다.

거부할 수 없는 무거운 중량감이다.

도저히 적응할 수 없다.

이건 아니야—! 이건 악몽이야!

분노를 가라앉히고 일단 접속 종료부터 했다.

건너편 자리에 큰곰이가 땀을 뻘뻘 흘리며 집중하는 게 보였다. 작은곰이 역시 냉정하게 집중하고 있다.

나의 상황을 알릴까?

그건 기본 예의가 아니다.

가상의 문제는 가상에서 해결하는 것이 원칙!

그래, 지금은 도움을 청할 수가 없어.

물 한 잔 들이켠 다음 재접을 했다.

여전히 아득한 높이였다.

이럴 수가!

이 지오님이 떡대 몬스터가 되다니…….

키와 덩치는 금속수를 꾸준히 받아들이며 성장 중이었다.

멀리 유저들이 보였다.

의식을 집중하니 빠르게 당겨져 보이며 시야가 확장됐다.
마그마 골렘에 녹고 부서진 거대한 금속더미 위에서 부서져
흩어진 색색의 보석 안을 채집하는 중이었다.

그 가운데 여우대가리가 잔해 속에서 가브가브의 팔찌를
들어 보이는 게 보였다.

뾰족 턱에 야비한 웃음이 길게 걸려 있다.

도대체 왜?

의문이다.

무슨 생각으로 그런 짓을 저질렀는지 이해 불가.

일단 귀엣말을 큰곰과 작은곰에게 넣어보았다.

뜨헉!!

블록 상태였다.

유저가 몬스터로 탈바꿈하면 같은 파티원이라도 말이 통하지 않는 그런 이치가 적용되고 있음이라.

마음속 깊은 곳에서부터 분노가 치밀어 올랐다.

그때 멀리 유저들 사이에서 다툼이 관찰되었다.

커다란 배낭의 주인공, 우우였다!

울상인 우우가 잔해를 헤치다 가브가브의 팔찌를 든 여우 머리에게 사납게 대들고 있었다.

말소리는 허공에 흩어져 전혀 들리지 않았다.

하나 우우는 애처로운 외침과 닭똥 같은 눈물을 펑펑 흘리고 있었다.

문제의 시발점인 큐브의 모습이 보이지 않았다.

동화율을 끌어올려 청각을 키웠다.

그렇게 본의 아니게 새로운 신체에 적응해야 했다.

드디어 우우의 울음이 가늘게 들어왔다.

"우우, 지오님! 지오ー! 나와 주세요! 어디로 간 거야ー! 으아아아앙ー! 이 여우새끼야!! 지오님의 아이템이라고! 네가 가질 게 아니란 말야ー!"

울면서 욕하고, 욕하며 운다.

여우대가리가 귀찮다는 듯 우우의 커다란 배낭을 잡아당겼다 놓아 굴렸다.

거칠게 쓰러진 우우가 버둥거리며 일어나 여우대가리에게 아등바등 달려들었다.

그리고 재차 넘어졌다.

이익!!

우우ー 가만있으라니까.

입이 열리지 않았다.

큰곰과 작은곰이 간신히 우우를 떼어놓았다.

땅을 치고 대성통곡하는 우우였다.

뭔가 울컥 치밀어 올랐다.

구박한 보람을 느꼈다.

나는 절로 유저들이 있는 방향으로 움직였다.

쿵ー 쿵ー! 철컹철컹!

낯선 진동이 발을 타고 올라왔다.

온몸에 두른 사슬이 몸에 부딪치며 굉음과 불쾌한 진동을 자아냈다.

메이지 지오가 금속인간이 되다니…….

순간 높은 키를 적응 못해 크게 휘청거렸다.

눈이 이끌어낄하나.

진정, 진정.

동화율을 끌어올려 발걸음을 올렸다.

쿠쿵—! 쿠궁—! 그긍—! 그긍—!

갑자기 커버린 키에 도저히 적응하기가 힘들었다.

내가 왜 이렇게 되었단 말인가?

……!

그제야 다급한 순간 금속거인과 한 계약이 떠올랐다.

위기 상황에서 대장군은 존재의 소멸을 선택했고 나는 저주의 소멸을 택했다.

과정은 의식의 치환!

금속 거인의 소울 코어에 나의 의식이 인스톨되었다.

금속거인 대장군의 '소울 코어'에 내 의식이 자리 잡고 만 것이다.

지금 같은 처지.

대장군은 해방자의 희생에 감사한 것이리라.

인공지능을 대신한 유저의 의식이라니, 아무리 다급해도 그런 계약을 할 수 있단 말인지.

게다가 고대인이 만든 '언약의 사슬'은 여전히 유효한 상태다.

내가 왜 그랬지? 이제 후회해도 소용없다.

금속거인을 기만하려다 내가 기만당한 셈이다.

자업자득은 이를 두고 하는 말이리라.

수려한 메이지 지오가 투박, 무식한 금속거인 지오가 되었
단 말인가?

뭐? 그걸 살신… 살신병신(殺身病身)이라고? 병신?!

어홍—!!

분노의 외침을 토했건만.

우워워워워워워— 억!

의미 불명의 외침으로 공동을 울렸다.

어라? 분노의 외침으로 입이 트였다.

이 작은 기쁨도 잠시.

웅?

이런 나를 향해 움직이는 인형이 있었다.

거대한 누런 배낭 하나가 나를 향해 움직이는게 아닌가.

우우?

웅? 설마 나를 알아본 거야?

내소리가 들려? 내 목소리를 알아들었어?

이 거리에서는 알 수 없다.

나는 설마 하는 심정으로 다가오는 누런 배낭을 향해 걸어
갔다.

왠지 걸음이 빨라졌다.

거대한 누런 배낭에 큰곰이와 작은곰이 매달려 당기고 있었다.

어이 곰탱이들— 말리지 밀라니까?

그 둘은 우우의 괴력에 질질 딸려갔다.

웃음이 나오지 않았다.

우우의 처절한 몸짓에 내 마음은 죄책감에, 후회에, 감사하는 마음이 복잡하게 엉겨 뒤죽박죽이 되었다.

'야이— 눈치없는 달팽이야—! 돌아가라니까! 저리 가라고—!'

우워워워워워워워워워웍!!

외침은 거친 괴성으로 대기를 찢어발겼다.

그러자 우우 역시 나를 향한 발걸음이 빨라졌고, 도라에몽과 그의 일당이 합세해 배낭에 엉겨 붙어 우우를 당겼다.

그렇게 대인원이 동원되어 나에게 오려는 걸 막자….

놀라운 광경이 벌어졌다.

우우를 중심으로 오색 빛이 웅장하게 터져 나왔다.

동시에 수 개의 빛기둥이 그녀에게 떨어져 내렸다.

그렇게 천사의 승천이 연상되는 아름다운 빛이 번져 나오는 것이었다.

그렇다, 우우가 히든 클래스를 부여받고 있음이라.

한데 우우는 자신의 성장조차 감상할 생각이 없는가 보다.

펑펑 우는 우우가 이들을 배낭에서 가볍게 털어 날려 버렸다.

우우의 눈은 말하고 있다.

그녀는 분명 나를 알아보고 있었다.

이 거대한 금속거인으로 변한 나를.

…….

우우에게 다가갈 수밖에 없었다.

그때 귀를 거슬리는 소리가 울려왔다.

무지막지한 특대의 마력탄 다발과 오러체 다발이 한눈 가득 들어왔다.

유저들 너나 할 것 없이 가세한 총공격이었다.

우우를 말리지 못하자 나를 요격하는 것으로 방향을 바꾼 것이다.

게다가 내가 만든 플라즈마 확산탄이 우리 파티원들을 중심으로 발사되고 있다는 것.

시이이이이이잉—! 휘류류류류류류류룽—!

에헤, 농담이지? 저, 정말인 거야?

그때 눈앞에 우우가 도착했다. 너무 빨리 도착했다.

오색의 찬란한 빛이 여전히 그녀를 휘감고 있다.

세상에 메이지가 성기사 계열의 히든 클래스를 부여 받다
니…….

설정의 극복자!

감탄, 감정, 분석할 시간이 없다.

우우가 눈물 가득한 눈으로 나를 올려다보며 손을 뻗어왔
다.

"…우우, 맞아, 틀림없어……. 지오님이야……."

구제불능 눈치없음의 극치가 이럴까?

넌 어떻게 나를 알아보는 거야?

위험하다니까!

공간을 내리누르는 뜨거운 압박이 느껴졌다. 대기는 이미
타고 있었다. 후끈한 열기가 얼굴을 덮었다.

늦었어.

폭발의 여파가 우우를 집어삼킬 게 뻔했다.

나는 상체를 숙여 우우를 품었다.

어미 닭이 알을 품듯 품안에 공간을 만들었다.

자세를 잡자마자 수많은 에너지체들이 새로운 몸에 사정

없이 휘갈겨 왔다.

콰광—! 쿠궁쿠궁—!

등판 위로 콩이 튀었다.

아득한 아픔이 파고 들어왔다.

크윽—!

기어가 돌아가는 입으로 고통을 토할 수조차 없다.

뭐? 아프니까 청춘이라고?

픽도…….

내 人生 돌리도—!!

…이젠 金生이려나?

『기갑전기 매서커』 12권에 계속…

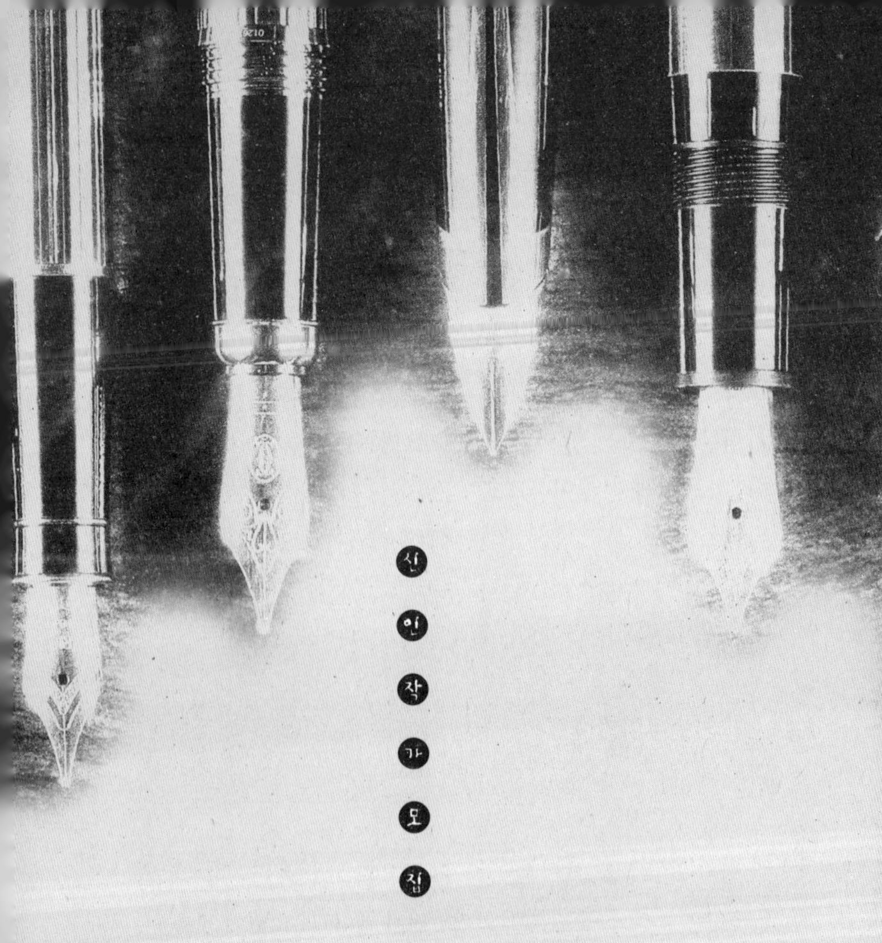
신

인

작

가

모

집

시작이 반이라고 했습니다.
작가의 길에 대한 보이지 않는 벽을 과감히 깨뜨리십시오!
청어람은 작가 지망생 여러분들의
멋진 방향타가 되어드리겠습니다.

저희 도서출판 청어람에서는
소설 신인 작가분들을 모집합니다.
판타지와 무협을 사랑하시는 분들의 많은 참여를 바랍니다.
소정의 원고(A4용지 150매)를 메일이나 우편으로 보내주시면
검토 후 출판 여부를 알려드리겠습니다.

주소:경기도 부천시 원미구 심곡2동 163-2 서경B/D 2F 우편번호 420-822
TEL:032-656-4452 · FAX:032-656-4453
http://www.chungeoram.com
e-mail:chungeoram@chungeoram.com

강호와 천하를 삼킨 천부(天府).
천부천하를 뒤흔든 게을러빠진 천재가 나타났다!

어떤 무공이든 한눈에 익힐 수 있는 공전절후한 무위,
좌수(左手) 마두, 우수(右手) 대협으로 펼치는 독창적인 무쌍류,
빼어난 요리 실력과 정도를 아는 횡령(?)까지.
놀라운 재능을 가진 무림의 신성 이무쌍!

그가 친우(親友) 소운과 자신의 안락함을 위해 강호에 섰다!
가슴 따뜻한 무쌍의 인정 넘치는 이야기.
천부천하(天府天下)!

Dragon order of FLAME 폭염의 용제

김재한 판타지 장편 소설

「사이킥 위저드」, 「마검전생」의 작가 김재한!
그가 그려내는 새로운 액션 히어로가 찾아온다!

모든 것을 잃고 복수마저 실패했다.
최후의 일격마저 막강한 레드 드래곤 앞에서 무너지고,
죽음을 앞에 둔 그에게 찾아온 또 하나의 기회!

"네 운명에 도박을 걸겠다."

과거에서 다시 눈을 뜬 순간,
머릿속에 레드 드래곤의 영혼이 스며들었을 때,
붉은 화염을 지배하는 용제가 깨어난다!

강철보다 단단한 강체력을 몸에 두른
모든 용족을 다스리는 자, 루그 아스탈!

세상은 그를 '폭염의 용제' 라 부른다!